日めくり怪談

吉田悠軌

集英社

7月 JULY 1 水曜日 [WED]

ちいみ

旧 5月30日

水

自分の影に踏まれる

月齢 28.6

私の住む町には、小さな水族館があります。こんなに海から遠く離れた土地に、なんで水族館なんてつくったのでしょうか。町の人たちは皆、不思議がっています。

とにかく、私が生まれる前から細々と続いている、寂《さび》れた施設なのです。

もちろん大きな魚なんていません。地元に生息する淡水魚や水棲《すいせい》生物がメインです。そんなの、ちょっと探す気になれば、近くの川や田んぼで見つけられると思いますが。

昔は海水魚もいたんですよ。「海のいきもの」という狭くて薄暗いコーナーがあったのを覚えています。わざわざ遠くから海水を運んでいたのですが、費用が追いつかなかったのか、まったくこぢんまりとした規模でした。

ある時、そのコーナーに、クラゲたちがお

目見えしました。

もちろん最近の大型水族館に比べたら、お笑い草のような展示です。数点の小型水槽に、珍しくもない品種のクラゲが、数えるほどしかいないような。

それでも最初のうち、評判は悪くなかったようでした。人もまばらな館内で、ひっそりとクラゲたちが泳ぐ様は、うら寂しくて風情があったものです。

ただ、しばらく経つと、その展示は撤去されてしまいました。町の人たちから、「クラゲの水槽が怖い」「子どもたちが怯えている」といった苦情が続いたからです。

――水槽の中に、人の顔が浮かんでいる。

少なくない人が、口々にそう言いだしたのです。

男、女、老人だったり若者だったり。人によって証言はまちまちですが、とにかくそこにいるはずのない、見知らぬ誰かの顔が見えてしまう。あまりに不気味だから、この水槽を取り払ってくれないか。そんな要望の声が募っていきました。

おそらくデマカセではないと水族館も判断したのでしょう。面識のない客たちが口をそろえて、同じことを指摘していたからです。

クラゲたちが横を向いて泳いでいる時は、なにも異常がない。でも、あの丸い笠がこちらを向くと、そこにぼんやり人の顔が浮かび上がってくるのだ……と。

いつのまにか、クラゲたちはきれいさっぱり、いなくなっていました。


これは後日、噂として聞いたことなのですが。

どうやら同館の海水は、町からまっすぐ北上した、日本海の岩場で採取していたようです。

その辺りの地名は、私たちもよく耳にするものでした。

投身自殺で有名な崖《がけ》の、すぐ近くだからです。

そんな場所で水をとっていたから、海の水と一緒に、そこで亡くなった人たちの記憶を運んでしまったのではないか……。

この話をしてくれた人は、そんなことを呟《つぶや》いていました。

でもそれならなぜ、クラゲだけだったのでしょうか。他の海水魚は大丈夫だったのに、なぜクラゲにだけ死者の顔が映ったのでしょうか。あの丸い笠は、ふわふわ浮かぶ鏡のように、海の記憶を投影してしまうのでしょうか。……いずれにせよ真相はわかりません。

今では「海のいきもの」コーナーも無くなりました。おそらく水族館そのものが、近々つぶれてしまうだろうと言われています。

でも私は、クラゲの透明な笠に、哀しげな顔がうっすら浮かぶ光景が、嫌いではありませんでしたよ。

JULY

7月2日

木曜日 [THU] 旧6月1日

じゅし

忌 米をとぐ手がつかまれる

月齢 0.3

午前四時、クワガタ取りの約束をした友達がまだ来ない。

――あのおもちゃ屋、ノコギリかヒラタでも一四五百円で買い取ってくれるらしいぞ。

――じゃあ三時に、山の前のバス停で待ち合わせな。

あいつ、昼間に遊び過ぎて寝過ごしているんじゃないか。

近くに電話ボックスはあるけど、さすがにこんな時間にかけたら、向こうの親に怒られてしまう。

それにもう東の空の下がぼんやり白くなりかけている。

今すぐ友達が来ても、もう山に入るには手遅れだろう。

仕方ない、もう帰ろう。自転車にまたがり、自宅に向かってこぎはじめた。

　田舎道とはいえ、街灯は点々と設置されている。

走っていく自分の影は、街灯に向かうにつれて後ろからすうっと近づいてくる。影は照明の真下でいったん消え、離れていくと前の方へ伸びていく。伸びきったら次の街灯に照らされた影が後ろから近づき、また自分を追い越していく。

まるで影絵の芝居みたいだ、と思っていたら。

細長い人影が二つ、視線の先に入ってきた。

顔を上げると、女性の二人組がずっと前を歩いている。

後ろ姿なのに、なぜか二人とも美人だとわかる。歩道側の女性は長髪で、スミレの花模様のワンピース。車道側の人はショートカットで、白か黄色のやはりワンピースを着ている。

彼女たちは、後ろから近づく自分に気づいていないようだ。

なんとなくスピードをゆるめて、その背中を見つめた。不審がられるだろうけど、どうもなにかが気になってしまう。

　少しして、違和感の正体が判明した。

　こちらの影は街灯ごとに伸びたり縮んだりしているのに、二人の影はさっきから大きさが変わらない。ずっとこちらに細長く伸びたままなのだ。

（あれ、あれ、なんでだろう）

そう思っているうち、お互いの距離が緩やかに縮んでいく。

すぐ手前まで近づいたところで、二人の足元がくっきり見えた。

ワンピースの裾《すそ》からすらりと出た、細くきれいな足。そのどれもが、靴をはいていない。

黒いアスファルトの上で、四つの裸足が白くきらめいている。

ギョッとしつつも、そのまま二人を追い抜いてしまう。

すぐに彼女らの顔を見ようと振り向く。

ところが背後には誰もいない。ただ、薄暗い夜道が続いているだけ。

（え？）

慌てて進行方向に顔を戻す。そこでまた驚いた。

百メートルほど先に、あの二人組が歩いているではないか。

やはり細長い影を二つ、足元からこちらに伸ばしながら、ゆっくり前へ進んでいる。

混乱しながら自転車を走らせた。

今度はすぐに追いついてやろうと、全力でペダルを踏み込む。

そのとたん、彼女たちは道路沿いの一軒家に入りこんでいった。

こちらも急いでそこに近づき、門の向こう側を確認する。

しかしそこには、人が入った気配がまったく感じられなかった。玄関先の常夜灯も玄関内の電気も点いていない。家はどこまでも、しんと寝静まっている。

どうにも気になったので、翌日、また例の家の前を通ってみた。

するとその門の両脇には、黒白の鯨幕《くじらまく》が張られていた。

こっそり玄関先を覗くと「忌中」の文字が下がっている。

誰がいつ、なぜ死んだのか。

それがわかってしまうと、とてつもなく怖ろしいことになる気がして、急いでその場から逃げ出した。

JULY 3

7月 きいみ

金曜日 [FRI]

旧 6月2日

願 十字路のまん中で待つ人あり

月齢 1.3

知る人ぞ知るという縁結びの神社を、友だちのマキに教えてもらった。

「有名じゃないけど、ものすごくパワーが強いらしいよ。恋愛に悩む人が最後にお願いするところなんだって」

まさに今の私にぴったりじゃないか。さすがマキ、パワースポット・マニアを自称するだけある。すぐにでも行ってお願いしなくては。

でもたどり着いた先は、どこにでもあるような住宅街。昼下がり、住人たちの姿もなく、どこまでも静かでのどかな空気が漂っている。周囲をぐるりと確認しても、神社らしき鳥居や建物は見当たらない。

もしかして、マキにからかわれた？　こんな冗談、許せないんだけど。

頭に血が上りかけたところで、ふと、住宅

の間に不自然な空間があるのに気づいた。

近寄ってみると、そこは家一つ分ほどの空き地で、いちばん奥に古びた祠《ほこら》だけが佇《たたず》んでいる。他には、鳥居も本殿もない。

スマホで確認すると、確かにこのポイントが、マキに教えられた住所だ。

なんか予想とぜんぜん違うけど、まあこれでも神社には違いないか。

マキの説明では、絵馬に恋愛のお願いを書いて奉納しろとのこと。確かに、脇の小さな机に絵馬がいくつか並べられている。それにコイン穴が開けられたアルミ缶と「三百円いれてください」との貼り紙。絵馬の無人販売ってことか。

こんなにゆるくて大丈夫かな……。心配になったけど、ここまできたら祈願するしかない。三百円を缶に入れて、持ってきたマジックペンを絵馬に突き立てる。「本名をちゃんと書いた方が、お願いの効果があるからね」とマキに言われてるけど、彼氏の方は名前を知らないから、仕方ないよなあ。

〝遠山マキが彼氏と別れますように〟

縁結びに効くんなら、縁切りにだって効くだろう。

それに広い意味では、これも縁結びになるはずだから。私に名前も教えてくれないような彼氏なんて、さっさと別れて次の縁を探した方がマキのためでもある。

絵馬を掛ける台は、祠の裏に設置されていた。意外と参拝する人が多いようで、ぎっしり何十個もの絵馬が並んでいる。

台のスペースが小さいので、どれかを外さないと私の絵馬が掛けられそうにない。

一番古そうなやつならいいでしょ……と、傷んでいる一つの札をひっくり返してみた。

私の名前が書かれていた。

その下には、〝はやくいなくなりますように　遠山マキ〟と。

カタカタカタ。風もないのに絵馬たちが震えて鳴り出す。息もできずに、目の前のそれらを手あたり次第にひっくり返していく。

全ての札に、私の名前と、まったく同じ願い事が書かれている。

〝はやくいなくなりますように　遠山マキ〟〝はやくいなくなりますように　遠山マキ〟〝はやくいなくなりますように　遠山マキ〟

カタカタカタカタカタカタ……

硬い音が響き続ける。

するりと手から絵馬が抜け、地面に落ちた。

思わずかがんで、それを拾う。

顔を上げると、目の前に並んでいたはずの絵馬たちは、一つ残らず消えていた。

7月

くゑ

JULY

4

土曜日

[SAT]

旧 6月3日

吊

生まれる前の名で呼ばれる

月齢 2.3

ブランコが何度も消えたり現れたりするなんて、聞いたことないですよね？

でも僕の近所の公園では、そうなんです。

あ、言い方が悪かったけど、ブランコが消えること自体は、別に怪現象じゃないですよ。子どもの安全のため、役場の公園管理課が撤去するからです。

というのも、それがまたよく事故の起きるブランコだからでして。

僕が小学生の時も、ブランコに乗っていた同級生が怪我をしました。いきなり地面に滑り落ちて、勢いのついたブランコが頭に激突したんです。

「誰かに下から足をひっぱられた」

当時の彼は、そう主張していました。

いや、そんなのありえないだろう。僕も幼

いなりに、そう思いましたよ。地面から手でも伸びてきたってのか？　ばかばかしい。

ただ、それから少しして、他ならぬ僕が同じようにブランコから落ちてしまいました。いつも通り遊んでいたら、急に「ぎゅっ」と足首をつかまれた感触がして、そのまま、地べたまで引きずり下ろされたんです。もちろん周りには誰もいませんでした。

同じような目にあう子どもたちは、昔からたいへん多かったそうです。

さすがに危険だということで、僕が負傷した直後、ブランコは撤去されました。

そして、これまた変な話ですが。

「これで何度目の撤去かわからないね」

などと大人たちが呟いていたのも覚えています。そのブランコは撤去されても、しばらくしてまた同じ場所に設置される、というのを繰り返しているのです。

なんでも町に一人、うるさいお婆さんがいて、ブランコを戻せとクレームを入れているそうです。お婆さんの家は地元の名家なので、役所も言うことを聞かざるを得ないのだとか。

ここは田舎なので、そういうこともあるかもしれません。

でも、お婆さんはなぜ、そんなにブランコにこだわるのでしょうか？

僕は高校の自由研究で、地元の歴史を調べたことがありました。町の老人たちに戦時中の話を聞いて回るというものでしたが、そこで偶然、あの公園の由来を知ったのです。

公園があった土地は、戦後まで手つかずの荒地でした。

そこには一本だけニレの大木がはえていました。

「首吊《つ》りの木」と呼ばれていたそうです。

名前の由来は、その木で首吊りをする人が多かったから。いわゆる自殺の名所というやつです。そんな木でしたから、怪談めいた噂も生まれました。

ここで首を吊ったものは、成仏できず、ずっと木の下にとどまることになる。

自由になるためには、誰か別の人が、また新しく首を吊らなくてはいけない。木の根元では、自殺者の霊が、身代わりになる人間を狙い続けている。

だからニレの木のそばを通る人たち、そこで遊ぶ子どもたちは、不思議と首を吊りたくなってしまう。そして縄に首をかけたとたん、死者がその足をつかんで下からひっぱるのだ……。

「変に自殺が続いていたのを、そうやって無理やり理由づけしたんでしょうな」

話をしてくれた老人は、そう笑っていました。

また「本当かどうかは知らないけど……」と言いつつ、意外なことも教えてくれました。

例のお婆さんの弟さんもまた、そこで自殺したのだそうです。

もちろん、ただの昔話に過ぎないのでしょう。ただ、戦後に荒地が整備されて公園となり、ちょうど首吊りの木の場所にブランコが設置されたのは事実みたいです。

もしかしたら、と僕は思いました。

あの場所にはまだ、首吊りで死んだ、お婆さんの弟がいるのではないか？

ブランコをこぐ様子は、首を吊った人間が空中で揺れているようでもあります。それを見たお婆さんの弟が、子どもたちの足をひっぱっているのではないでしょうか。

結局、僕が大人になるまでに二度ほど、そのブランコは撤去と再設置を繰り返しました。とはいえここ数年は撤去されたままで、復活する様子もありません。お婆さんももう高齢ですから、影響力が落ちているのでしょう。ただ聞いたところによれば、

「ちょっと子どもが落ちるくらい、いいじゃないのよ！」

お婆さんが役場でそう叫んでいたとも聞きました。まあ、それも定かではありませんが。

日曜日 [SUN]

旧 6月4日

JULY

5

7月

ぶく

面

届かなかった
メール千通が返る

月齢 3.3

父方の祖父は、私が生まれる前に亡くなっている。

酒好きがこうじて、三十代の若さで体を壊し、急死したのだと聞かされていた。

ただ数年前、祖母がふいに、こんな話を漏らしたことがある。

その日、祖父は友人と自宅で飲んでいた。

酒宴が盛り上がるうち、友人は鞄《かばん》をごそごそと漁《あさ》りだした。旅行と古物蒐集《しゅうしゅう》を趣味とする彼は、日本中の古道具や民具などをコレクションしてまわっていた。この時もちょうど北陸から帰ってきたところで、当地での戦利品を披露してくれたのだ。

その中から、祖父は一つの面を手に取った。

「ああ、そいつは能登《のと》の古物商からもらったんだよ。どうせ値がつかないからと、色々買い取ったついでに、タダで付けてくれたんだ」

それは「おさるの面」だった。

どこかの民芸品だろうか、簡素な目鼻立ちの猿が、口を真横に大きく開いている。そのニッカリ笑った表情がどうも嫌みだったと、祖母は述懐していた。

しかし祖父はこの面をやけに気に入ったらしく、ずっと手元でいじくりまわしながら酒をあおっていた。どうせ二束三文との気安さもあったのだろう。果ては自ら面をかぶってふざけだす始末。

「ききっき、ききき、きっききき」

すっかり酔いのまわった祖父の調子に、友人も苦笑を漏らす。

「これはもう、おいとました方がいいでしょう」

古道具全てが友人の鞄に返されたところで、宴席はお開きとなった。

彼を見送った祖父は、そのままふらつく足で寝室へ入っていった。

翌朝である。

祖母は何度も何度も、なかなか目覚めない祖父を起こしに行った。しかしいくら声をかけようとも、頭から布団をかぶったまま反応するそぶりもない。

しょうがないね、とその布団をひっぺがしたところで、祖母は悲鳴をあげた。

おさるの面をかぶった祖父が、仰向《あおむ》けのまま冷たくなっていたのだ。

葬儀に参列した例の友人は「あの面も、確かに鞄に入れたはずなのに」と不思議がっていた。

祖母は何度も彼に面をつき返そうとしたが、縁起でもないからと拒否されてしまう。仕方なく、祖母はそれを近所のゴミ捨て場に放り投げておいた。

それから数日経った、ある夜のこと。

ドタドタ、ドタドタという せわしない音で、祖母の目が覚めた。もしや泥棒かと思い、音のする方へ向かっていく。どうも玄関先で、誰かが騒いでいるようだ。

そっと玄関の戸を開く。目の前にいたのは、一人の見知らぬ男。

それが、あの「おさるの面」をかぶり、両手を高く上げ、ドタドタ足を踏み鳴らして踊っていたのだ。

きききっきききき、と楽しげな声をあげながら。

祖母はピシャリと戸を閉め、固く鍵をかけた。

次の朝早々に確認すると、玄関先に、おさるの面だけが捨て置かれていた。

その面はすぐに、大きな寺で焚《た》き上げてもらったそうだ。

7月 たいか

JULY 6

月曜日 [MON]

旧 6月5日

文

海藻まみれの女が訪ねてくる

月齢 4.3

僕がその手紙を拾ったのは、中間テスト終了後の教室だった。

いや、「拾った」という言い方はよくないだろう。

それはタクヤの椅子の上に置かれた、タクヤ宛ての封筒だったからだ。

試験が終わった解放感から、クラスメイトたちは皆さっさと帰っている。初夏の昼下がりの教室には、忘れ物を取りにきた僕をのぞいて、誰も残っていない。

僕にとってタクヤは、クラスで一番仲の良い友人だ。その彼への宛て名が、明らかに女の子っぽい文字で書かれているではないか。

そっと封筒を手に取り、裏返してみる。差出人の名前は、やはり女のものだった。

封は、すでに開けられている。

いけないとは思いつつ、好奇心に負け、中身を抜き出してしまった。

入っていたのは便箋《びんせん》が一枚だけ。書かれていたのも、短く単純な文章だった。


——ずっと好きでした。こんなに人を好きになったことなんてなかった。ありがとう。


おいおい、これは面白くなってきたぞ。

差出人は、クラスの女子ではない。住所が書いてないから手渡しのはずで、つまりこの高校の誰かだろう。この名前は聞いたことないけど、別の学年なら僕もよく知らないし。いや待て、近くの女子高の生徒から渡された可能性もあるな。それにしても、今時メールじゃなくてラブレターというのが純粋というか……。

僕はそのラブレターを鞄にしまい、持ち帰ることにした。

顔はニヤついていたけど、けっしてイタズラ心からではない。

このままにしておいて、教師やほかの生徒たちに見つかったらまずいと思ったからだ。次の登校時、そっとタクヤの机に入れるか、読んでないフリをして「落とし物だぞ」と彼に渡すつもりだった。

しかし翌朝、タクヤは学校に来なかった。

担任の話では、親戚に不幸があったため葬式に出ているのだという。

それから三日ほどタクヤは欠席を続けた。その間、手紙をどう処理したらいいものか、僕はすっかり困ってしまっていた。

ようやく登校してきたタクヤは、明らかにやつれきっていた。身内の死がよほどこたえたのだろうか。

迷いはしたが、早く踏ん切りをつけたかった僕は、ラブレターの件を伝えることにした。

恋愛話でからかえば、少しはタクヤの気もまぎれるんじゃないか。

バカな僕は、そう勘違いしてしまったのだ。

放課後、タクヤを学校裏の路地に誘い出し、あの封筒を手渡した。中身を見てしまったことも、正直に伝えた。

タクヤは声も出せないほど驚いた様子だった。

じっと僕を見つめた後、ようやく震える手で封筒を受けとった。

「……これ、お前が開けたんじゃないのか」

それだけは違う、信じてくれ、と僕は必死で弁解した。

タクヤも納得したようで、便箋を取り出し、さっと目を通した。

そこで、予想もしなかった事態が起きた。タクヤは、いきなり泣きだしたのだ。

嗚咽《おえつ》しながら路上にうずくまる彼を見て、僕は自分が大きなミスをしたと気づいた。

「ごめん、ごめん、悪かった、ごめん」

とにかく謝り続けているうちに、ようやく落ち着いたタクヤが、事情を説明してくれた。

先日亡くなったのは、タクヤの従妹《いとこ》の女の子だったという。

昔から重い病気を患《わずら》っていたので、周囲も覚悟していた死ではあった。

しかし彼女は、従兄《いとこ》であるタクヤに、好意を寄せているような言動を繰り返していた。どこまで本気だったのかどうか。病床で心が不安定になっていただけかもしれない。

「でも当然、そんなの拒否するしかないよな。この手紙だって……」

――確かにこれは、二週間前に彼女からもらったものだ。でも面倒なことになるのが嫌で、封すら開けていなかった。読んだのも今が初めてだ。ずっと部屋の机にしまっていたはずなんだ。なのになんでお前が……。

あの手紙はラブレターではなく、遺書だった。

一時間ほど経った頃、僕らは二人で、近くの海岸に行った。

そこで封筒ごとビリビリに破き、紙片を海に流した。

それが正しい行為だったかどうかは、今でもわからない。

7月 ごむ

JULY 7

火曜日 [TUE]

旧 6月6日

二 枕をちぎると耳だらけ

月齢 5.3

そうそう。学校の七不思議ってのはよく聞くけど、うちの中学は「二不思議」しかないんだよね。

「理科室の悲鳴」と「茶色い自転車」ってやつ。どちらも、Tという理科教師についての話なんだ。

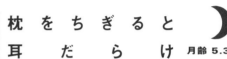

Tは男だけど、とても気の弱い先生だった。またちょうど、この学校も荒れてた時代だったんだな。ほとんどの生徒たちはTをバカにして、話なんて聞きやしなかった。騒いでばかりで授業なんて成り立たなかったけど、Tは注意もせず、ただへらへら笑うだけ。

そんなある時、「TがM美人のM子先生に恋している」なんて噂がたてられたんだ。もちろん根も葉もない、面白半分で流されたものだよ。まあ、そこは子どもたちのこと、あっという間にこの噂は広まり、Tをからかうための素材になった。

でもまさか、本当にTがM子先生を好きだったとは誰も予想していなかった。しかもそれが、真剣すぎる想いだったことも。

自分の恋心を暴露されたTは、あまりの恥ずかしさから自殺してしまった。それも理科室の硫酸を飲むという、悲惨な死に方で。

そのときの苦痛はあまりにひどかったんだろう。Tの断末魔の声は、放課後の校舎に響き渡り、学校に残っていた全ての生徒と教師が耳にした。

だから、うちの学校では夕暮れ時になると、Tの悲鳴が聞こえてくることがある。

それはちょうど、Tが硫酸を飲んだのと同じ時刻だ、というんだ。


いやまあ、Tなんて教師がいたかどうかは不明だよ。

これが本当の話なのか、ただの作り話なのかだってわかりゃしないし……。

とにかく、もう一つの方も教えておこう。

これも夕暮れ時の話だ。うちの校庭の脇の教員駐輪場に、たまに誰のとも知れない茶色い自転車が停まっていることがある。茶色い塗装というより、ボロボロに錆《さ》びて茶色くなったような、そんな自転車だ。

それを見かけた時は、すぐに下校した方がいい。

なぜならそれは、Tの乗っていた自転車だからだ。

こっちの噂だと、不良グループがTの自転車にイタズラしたことになっている。その汚さをからかうため、タイヤやらフレームやらに洗剤をかけまくったそうだ。

帰宅しようとしたTは、イタズラされたことに気づきはした。でも気の弱さから文句も言えず、黙って自転車に乗って帰った。

それが、よくなかった。

洗剤は、ブレーキの効きを非常に悪くする。学校前の坂道を下る途中、Tは思いきりブレーキをかけたんだが、いっこうにスピードが緩まらない。

そのまま坂下の交差点に、赤信号のまま突っ込んでいった。

そこで運悪く、スピードを出していた車と衝突。Tは即死してしまった。

それからというもの、やはりTが死んだ夕方の時刻になると、校内に奇妙な音が響くようになったんだと。

キイ、キイ、キイイイイ……。

Tが必死にブレーキをかけていた時の音だ。

うん？　どちらの話が本当なのか、だって？

さあねえ、それは誰もわからないんじゃないかな。でも確かに言えるのは、この学校では夕暮れ時になると、たまに耳障りな甲高い音が聞こえてくるってことだ。

ちょうど今、皆が聞いているような音だよ。

キイ、キイ、キイイイイ……。

これがT先生の断末魔の声なのか、自転車のブレーキ音なのか。

どちらも、ただこの音を説明するためだけに、誰かが作った嘘の噂なのかもしれない。

もしかしたら全然別の理由があって鳴っているのかもしれない。

それは、僕をふくめた先生たちだって知らないし、知りたくもない。

皆だって、真実かどうかなんて気にしなくていい。

とにかくこれから、夕方にこの音が聞こえてきたら、すぐ下校した方がいいってことだな。

以上で、ホームルームを終わります。皆さん気をつけて帰ってください。

水曜日
[WED]
旧 6月7日

JULY 8

7月

ちう

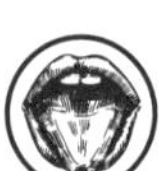

噛

町中の犬が一斉に吠えだす

月齢 6.3

母の歯は、ある時を境にぽろぽろと抜け落ち、全て無くなりました。

もちろん入れ歯を用意しましたが、着けていたのは最初の頃だけ。どうにも具合が悪いのか、母はすぐにそれを外し、どこかに放り投げるようになりました。捨てられた入れ歯を見つけるたび、母の口に戻すのですが、すぐまたどこかに転がっている始末。そのうち私も諦めて、もはや入れ歯はベッド脇の机に放置されたままになっています。

歯の無い母は寝たきりで、口にするのはお粥《かゆ》や牛乳ばかりでした。

しばらくすると、それすら手つかずのまま残されているので、無理やり飲み食いさせねばなりませんでした。そう、母が自ら食べ物を口に運んでいるのを見たのは、いつが最後だったでしょうか。

しかし母は、歯の無い口でなにかを噛《か》み続けていたのです。

薄暗い部屋を覗くといつも、なにもかもしんと静まりかえった中、ベッドの母の口元だけが忙しく動いています。枕元までいくと、こもりつつも耳障りな音が、確かに聞こえてきます。

ペチャグチャゴリゴリ。

母は、なにかを噛んでいる。ただ口を動かし、唾《つば》をめぐらせているだけではない。軟らかいもの硬いものの水気のあるもの乾いたもの。それらが入り混じったなにかを、咀嚼《そしゃく》している。

こんな状態が十日ほど続きました。それとなく、動かしている口を開かせてみたこともあります。

はい、あーん、あーんして。

すると母は、ゴクリと大きくなにかを飲み込んでから、あーんと開きます。もちろん、口の中はからっぽです。

その日も、母はペチャグチャゴリゴリとなにかを噛んでいました。そこで私は、激しく動く口にそっと手を寄せ、頬《ほお》を両端からつまみました。牛乳の入ったコップを近づけ、飲ませてみようとしたのです。

無理やり口を開かせ、牛乳を流し込んでいきます。母は抵抗しませんでしたが、すぐに口にふくんでいたものを吐いてしまいました。牛乳で白くまみれながらも、それの形ははっきり見て取れました。

ベッドの上には、雀《すずめ》ほどの大きさの小鳥。その骨が丸ごと、吐き出されていたのです。

いつのまにか母は、自らの両手の人差し指を、唇の両端にかけていました。そして二本の指を、ぐいっと上に持ちあげていったのです。

見るまに母の口が左右につりあがります。どんどん耳まで裂けていきます。そうして開いた口の中には、数え切れないほどの牙《きば》がはえていました。

母は牙だらけの口を、こちらに向かって大きく開きました。

飲み込まれる。そう思い、一瞬だけ顔をそむけました。

次に見た母は、目と口を開いたまま、枕に頭を沈めていました。

ぽかりと開いた口には、牙どころか歯の一本もはえていませんでした。

母は十日ほど前に亡くなっていたそうです。

これが、母の死について私の知っている全てです。

7月 JULY 9

木曜日 [THU] 旧 6月8日

ろうしゃく

騒

歯の間に女の髪がはさまる

月齢 7.3

恥ずかしい話ですが、中学生の時は、いつもトイレに入り浸ってました。

校舎のいちばん端っこにあるトイレです。なぜかって、誰とも話さなくてすむから。別にイジめられてた訳じゃありません。ただ休み時間に同じクラスの奴らと話すのが面倒くさかっただけです。とにかく、授業の合間は無理でも、昼休みになると必ず行ってましたねえ。

うちの学校って変な改築をしていたので、端っこの方は美術室以外ほとんど利用されなかったんです。つまり、昼休みは誰も来ない場所。

昼休みのたび、そこのトイレの大きい方に入って、便座の上で弁当を食べて、そのまま本を読んだりして、五限目までを過ごしてました。あの頃はいつも、毎日。

でもその日だけ、やけに眠かったんですよ。

登校時からなんか頭がボンヤリしていて、授業も頭に入らず。いつもの個室に入って弁当を食べかけたところで、すっかり眠っちゃったんですね。

キャハハハハハハ
思わず飛び起きました。いきなりドアの向こうで甲高い笑い声が響いたんです。

何だ……？　と固まっていると、個室の外で、ボソボソしたおしゃべりが聞こえてきます。

内容はほぼ聞きとれませんでしたが、全身に冷や汗がドバッと噴き出しました。

それ、女子の声だったんです。しかも二人。

うわうわ、ぼうっとしすぎて女子便所に入っちゃったのかよ。これがバレたら、とんでもないことになる。しかし運が悪すぎるぞ。うっかり女子便所に入ったとしても、こんなところ、いつもなら誰も来ないはずなのに、なんで今日に限って……。

早く出て行ってくれ——そう願いつつ、息をひそめました。

でも女子たちの声はやむことなく続いて、いっこうに話が終わる気配がありません。

……うざい……消えろって……キャアハハ、ハハハハハ
時おり聞き取れる言葉から察するに、誰かの悪口を言っているようです。

それに続いて、またバカみたいに甲高い笑い声が二つ。まるでチェーンソーで金属を切っているような、不快な音でした。

……ぅとかさ……そう……ぃみとか……死ね……死んで欲しい……

あと……ぇだ先生とか……マジで……殺すしか……殺す……

だんだん、この状況のおかしさに気づいてきました。

だってトイレの個室ドアというのは、人が中に入って鍵をかけている時だけ閉まっているものです。今、扉の向こうにいる女子二人は、誰かがこの個室に入っているとわかっているはず。

それなのにここまでの悪口で騒ぎたてるなんて。

キャハハハハハハハハハハ
もはや悲鳴に近いほどの笑い声が、トイレ中に反響しています。

もう耐えられない。僕はとにかく、この息苦しさから逃れようと、ドアを内側からノックしたんです。

こつ、こつ。控えめに、しかし気づかれる程度に音をたてて。

ぴたり、と笑い声がやみました。しばらく体を緊張させていましたが、声どころか足音一つしない。ゆっくりドアを開け、顔を覗かせると、もうそこには誰もいませんでした。

そして男子用の小便器が目に入った瞬間、また別の寒気が走りました。
自分がいたのが男子便所なら、あの女子たちの声はなんだったんだ？
急いでトイレを出ようとしたところで、洗面の鏡が横目に入りました。
鏡に映った自分。その背中に、誰かがしがみついています。
制服を着た、二人の女の子でした。
鏡の中で、笑いながら、こちらの首元に手をまわしていたのです。
それから卒業までの間ずっと、屋上に続く階段で、昼休みを過ごすようにしました。

金曜日
[FRI]
旧 6月9日

JULY 10

7月 めつもん

駅

雨だれの音が悪口に聞こえる

月齢 8.3

一年ほど前の話です。

私は出勤のため毎日、最寄り駅を朝六時十二分に発車する電車に乗っています。早い時間なので、駅のホームには自分を含めて五、六人ほどしか電車待ちをしていません。

その中の一人に、ランドセルを背負った男の子がいました。

まだ小学校に入りたてでしょう。かわいらしい制服の彼を見て、「小さいのに、毎朝早くから一人で学校に通ってるのかあ、偉いなあ」と思っていたものです。

そのうち、あることに気づきました。

彼が向かい側の下り方面のホームに向かって、手を振るようになったのです。なにげない感じで、無表情に近い顔で、やや斜め前の方向に。

電車が到着するまで、ずっと、そうしています。私と同じ車両に乗った後は、ターミナル駅につくまで大人しく座っているだけ。

最初は「向かい側に知り合いでもいるのかな」と思いました。彼の動作があまりに自然だったので、なにも違和感を覚えませんでした。

でも、反対ホームには誰もいないのです。彼は無人の空間に向かって、手を振っていたのです。考えてみれば、郊外の小さな駅で、こんな早朝に下り路線を使う人はめったにいません。

次の日も、その次の日も、彼は毎日、なにか見えないものに向かって手を振り続けています。一週間、十日経っても、同じ動作をやめません。

私はなんだか、それを見るのが怖くなってきました。

親に挨拶しているような自然な素振りが、よけいに不気味に感じられて。

(彼に訊《き》いてみようか?　なんで手を振っているのかを)

そう思ったりもしました。でも怖くて聞けない、でも毎朝見るから気になってしまう。

乗る車両が同じにならないよう、それまで立っていた位置をずらしました。彼を視界から外すためですが、狭い駅なので、どうしても横目に入ってしまいます。

そしてあの朝。

駅に着くと、人身事故が起きたとのアナウンスが流れていました。

後から知った話では、この駅を通過するはずの快速列車に、誰かが飛び込んだとのことでした。その現場は、駅からすぐ近くの踏切でした。

そして翌日から、あの男の子が手を振ることはなくなりました。

今考えると、彼は反対ホームに挨拶していたのではなかったのでしょう。

確かに、彼が向いていたのはホーム真正面ではありませんでした。手を振っていたのはやや斜めの方向、その先を少したどっていくと……。

自殺のあった踏切と、一直線に繋がるのです。

それから一年が経過した今も、私と男の子は毎朝同じ電車に乗っています。

少し成長した彼は、ただ大人しく電車を待っているだけです。

いつ見ても、じっと動かず立ったまま。

――だったのですが。

数日前から、男の子がまた手を振るようになりました。

以前とは別の方を向きながら、無表情で、でもとても自然な素振りで。

土曜日
[SAT]
旧6月10日

JULY

7月11日

じゅうし

顔

一輪挿しの首が落ちた

月齢 9.3

お風呂の水面に、あいつの顔が映るようになった。

私はいつも、バスタブの水を張りっぱなしにしておく。栓を抜くのは、新しくお湯を交換するタイミングだけ。

その理由は小さい頃、神戸で大震災にあったから。家も家族も無事だったが、なにしろトイレに苦労した記憶がこびりついている。一人暮らしするようになってからも、常に水をためていないと不安なのだ。

だけどここ最近、浴槽の湯を入れ替えようと蓋を開けるたび、水面に男の顔がゆらゆら浮かび上がるようになった。

もちろん、はじめは驚いた。でも見覚えのある顔だったから、何日も続くうち、すぐ慣れてしまった。

それは、十年前に別れた恋人。離れてからいっさい連絡をとっていない。その男の、なんだか気の抜けた顔が、すっかり冷めた浴槽の水にたゆたっている。

どこでどうしているかも知らなかったが、こんなことが起こっているからには、おそらく。あいつは死んでしまったのだろう。

まあ、それだけといえばそれだけのこと。いくら見つめようと表情は少しも変わらないし、一言だって話しかけてこない。バスタブの栓をとれば、ずぶずぶ抜ける水とともに、消えてなくなっていく。

新しく張ったお湯や、私が入浴している時にはなんの異変もない。顔が出るのはいつも、ためておいた風呂の蓋を開けた時だけ。

最初は驚いたけど、別に害がある訳じゃなし、顔が映るくらい構わないか。だんだんそう思うようになってきた。

でも、死んでからしつこく会いにくるんなら、生きてるうちに一度くらい電話をよこせばよかったのに。番号がわからなくなったとしても、今はいくらだって連絡のとりようがあるだろうに。

そんな生活がしばらく続いたある日、携帯電話に一件の着信があった。表示された名前を見て、心底驚いた。あいつだ。

「久しぶり」明らかに生きている人間の声が聞こえてきた。

通りいっぺんの挨拶をしてすぐ、「変なこと言って悪いけど」と、あいつは単刀直入に用件を切り出してきた。

「お前、まだ風呂に水ためてるか？　そしたらそれ、抜くようにしてくれないかな」

「なんのこと。意味わからないけど」平静を装いながら、そう答えた。

「いや、お前が水ためてるとな、俺、そっちに行っちゃうんだよ」

あいつはこんなことを説明した。

このところ眠りにつくたび、自分の体がグイッと空中にひきはがされてしまう感じがする。そのままどこかを飛んでいき、いつのまにか見知らぬ浴槽の中に入ってしまう。しばらくすると、見覚えのある女が、水の上からのぞきこんでくる。

それは、十年経っても変わらない、私の顔に間違いないのだ、と。

「変なこと言ってるのはわかってる。ただの夢かもしれない。でも試しに風呂の水、抜いてみてくれよ。そしたら解決するかもしれないからさ」

遠慮した口調なだけに、逆に必死さが伝わってくる。

そこで私ははっきりと気づいた。

十年ずっと忘れられずにいたのは、あいつじゃなくて、私の方だったんだ、と。

JULY

7月

おうもう

12

日曜日 [SUN]

旧 6月11日

猫　屋根の上で赤紙が舞えば火事

月齢 10.3

よく「猫の死体を見ても、かわいそうと思ってはいけない」と言うでしょう。

あれってどんな理由なんでしょうね？　かわいそうと思ったらとり憑《つ》かれるから？　人間や犬はいいけど、猫だけは哀れんだらダメなんですかね？

それと関係あるかわからないですが、僕の思い出話を一つ。

小学四年生の時です。毎日一緒に登校しているA君と、いつものように学校に着いたんですね。

でもその朝だけ、変なものが目に入ってきました。

校門の両脇、門柱というんですか、あの石の上から、猫の手が飛び出してたんですよ。

そう、猫の手です。作り物なんかじゃなく、本当の動物の猫の、手。肉球も見えたから間違いない。茶色いからトラ猫だったのかな……。それが一本だけ、門柱から上にピョコリと突き出てる。しかもまだ生きてるのか、くいくい、こちらを手招きするみたいに動いている。

「A君たいへん。猫がうまってるよ」

全く意味がわからないまま、僕はA君にそうささやきました。

「猫？」A君はいぶかしげに僕の指差した方を向いて、「なに言ってんの？」と返してきます。え、あれは僕にしか見えないのかな？ そう思った矢先、A君が興味なさげな口調で、こう言ってきたのです。

「ただの、大きい、ツクシだろ」

そしてそのまま、さっさと校舎の方へ歩いていってしまいました。

……これっていったい、なんなんでしょう？

僕には猫の手に見えたものが、彼には大きなツクシに見えた。

でも門柱からツクシがはえてるのだって、じゅうぶん奇怪なことじゃないですか。それをあんな、さも当たり前のように通り過ぎるなんて……。

釈然としないまま、その日一日、もやもやと混乱していたのを覚えています。

まあ子どものことなので、翌日にはすっかり気持ちも切り替わったんですけどね。

ただ、その次の春のことです。

近所の公園にちょっとした小山があるんですが、そこにふらりと遊びに行った僕は、全身鳥肌まみれになりました。

ざわざわとはえている沢山のツクシたち。

それがみんな、小さな猫の手みたいに見えてしまったんです。

いやもう、A君のせいですよ。

春になるといつも、おばあちゃんがつくってくれていたツクシの卵とじ。

それがもう二度と食べられなくなってしまったんですから。

月曜日
[MON]
旧 6月12日

JULY

13

7月

ちいみ

尻

卵の中から
母親の声がする

月齢 11.3

「ママの顔、お尻みたい」

三歳になった息子が、突然そんなことを言い出した。

ちょっと待て。私の顔、そんなにプックリふくれてるか？

正直、ショックですよ。お酒は飲まないし、それなりに甘いものも控えてるし。まあ軽口をたたけるようになったのは成長でもあるから、それはそれで喜ばしい……のかな。

「お尻、お尻、変だよ、お尻みたい」

息子の指摘は日に日にエスカレートしていく。まったくもう、変なアニメの影響だろうか。一日一回は、文句じみた口調でこちらの顔をけなしてくる。

「そういうこと、人に言っちゃダメでしょ」

さすがにこの辺りで釘《くぎ》を刺しておかねば。

保育園で友だちや保育士さんにまで、こんなセリフを吐かれたらたまったものではない。

「なんなの、お尻って。ママのどこがどうお尻なの？」

真面目な顔で問いただすと、息子も一瞬は黙りこんだ。しかし、こちらの顔をじいっと見つめた後、とんでもないことを言い出したのだ。

「……お尻の穴」

は？

「だってお尻の穴みたいだもん」

いくらなんでもまあ……。ぷくぷくほっぺがお肉みたい、というならまだ可愛げがあるよ。だけど、よりによって穴の方かよ。勝手に勘違いしてた私がバカみたいだよ。

「あ、そう。そんなにクシャクシャなんですか」

「たまにね」

息子はぷいっと隣室に走っていった。

その後、二人での夕飯もなんだか話がはずまない。大人げないのはわかってるけど、さすがに私も楽しい気分じゃないし、息子は息子でどうもこちらと距離を置いている様子。

そう、そうなのだ。よく考えてみれば「お尻発言」の時の息子はいつも、ふざけて笑っている感じではない。冗談ではなく、私の顔を本気で気持ち悪がっているような……。

おいおい、だとしたら、それこそ、マジでやばいでしょ。そんなに母親の顔を嫌う幼児ってなによ。ダメだ泣きたくなってきた。

その夜は結局、寝かしつけるまで息子とギクシャクし続けてしまった。

さすがに気が重くて眠れず、いつもは待たない旦那の帰りを深夜まで待った。どうせ笑い飛ばされるだろうけど、これまでの件をあらいざらいぶちまけ、愚痴《ぐち》をこぼすためだ。

ただ意外にも、旦那の反応は神妙なものだった。

「ごめん。隠してたけど、これ」

なんだか青ざめた顔で、自分のスマホの画像を見せてくる。この前、遊園地に家族で行った時の写真だ。表示されていたのは、私と息子のツーショット。それを見た瞬間、思わずスマホを落としそうになった。

私の顔が、のっぺらぼうになっている。

いや違う、ぎゅうっと絞られたように歪んでいるのだ。

目も鼻も口も、異様なまでに奥へひっぱられ、中心に集まっている。

うずまきのような、ねじれた顔面。

夫は黙ったまま、震える指を画面に置き、次々と画像をスライドさせていく。

その日写された、どの私も、どの私も、同じ顔をしていた。

7月14日 火曜日 [TUE]

JULY

旧 6月13日

じゅし

女

風呂場で肩を三度叩かれる

月齢 12.3

そのキャンプ場がどこにあるかは隠す。東海地方とだけ言っておこう。

キャンプ場といっても設備は水場だけ、周りも湖と岩だらけの山しかない。ホームレスみたいなお爺さんが、ずっと一人で運営していた。

元々は、つまり三十〜四十年ほど前までは、ヒッピーのたまり場だったそうだ。もしかしたら管理人のお爺さんも、当時のヒッピーの残党だったのかもしれない。

そんな場所だから、家族連れやレジャーで来る人はほぼいない。少し本気のトレッキングか、ロッククライミングをやる人間が利用するくらいだ。

俺はクライマーで、そのキャンプ場には年一回くらいのペースで訪れていた。

あれは四年前。先輩と岩登りをするため、そこでテントを張っていた時だ。

夜中、歯を磨こうと一人で水場に行った。

水場は湖のそばで、近くに廃墟になったボート小屋がある。

月明かりの中、小屋の窓ガラスに映った自分をぼんやり眺めながら歯を磨いていると。

バン！　バンバン！　目の前のガラスが叩かれた。

とっさに飛びのいた俺は、そのまま地面に尻もちをついてしまった。

見上げると、無数の白い手形が、ガラスについているではないか。べったりとした白い手のひらの跡が、幾つも幾つも、月の光に照らされている。

そして窓の向こうに、人影が一つ、すうっと現れた。

真っ白い顔をした女が、俺のことを見下ろしたんだ。

気がつくと、テントに駆け込んでいた。

先輩に「女が、女が」とまくしたてたが、笑って相手にしてもらえなかった。

次の日早々、俺はそこを逃げ出した。先輩の言う通り、幻覚かもしれないとは思ったよ。だとしても、そんなコンディションで危険なクライミングなんかできないからね。

後日、クライミング仲間から変な噂を聞いた。最近、ボート小屋のそばで入水《じゅすい》自殺した女がいたという。俺の見た女と風貌《ふうぼう》が似ているようだ、とも。

とはいえ、そいつも直接に水死体を見た訳じゃない。なるべく気にしないよう、忘れるように努めた。

その次は一年前。仲間と三人で、湖に隣接する山に入った時。

今度はキャンプ場ではなく、岩場にテントを張って一夜を明かした。

運悪く、大雨が降り出してきたので、朝までにやむだろうかと皆で心配していた。

そこでふいに「キイィヤアァァァ――」という金切り声が響いた。

テントのすぐそば、明らかに女の悲鳴だ。

「……聞こえたよな」俺が確認すると、他の二人もうなずいた。

「山の中だし、どしゃ降りだし、夜中だし、きっと聞き間違いだろう」

しかし、すぐに言い訳みたいな結論に達した。正直、三人ともびびっていたんだ。

それから、どうしても気になった俺だけテントを出て、声のした方を懐中電灯で探ってみたが、なにも異常は見当たらなかった。

翌朝には雨も上がり、皆で岩登りを楽しんでいた。

その途中、便意をもよおした俺は、用を足そうと林に入っていった。なんとなく足が、あの叫び声がしたポイントに向いていく。しばらく進んだところで、ギクリと立ち止まった。

昨夜は目線の高さだけを照らしてたから、それに気づけなかったんだ。

木々のたもとに、沢山の花束が置かれていることに。

急いで戻って仲間に話すと、一人がスマホで検索をはじめた。すると去年、ここで殺人事件が起きていたとわかった。女性が山に連れ込まれ、花束が置かれた林で殺されていたんだ。そして事件から一年たった命日が、まさに昨日だった。

その日もすぐに帰ったよ。

それで家に着くなり、ネットで事件について細かく調べた。最近のことなので被害者の顔写真も見つかったけど、それを見た瞬間、全身に寒気が走った。

四年前、ボート小屋の窓に見えた顔とそっくりだったんだ。あの真っ白い顔の女と。

そのキャンプ場はこの前、閉鎖したよ。だからこそ、こんな話を教えてあげられるんだけど。ただし、閉鎖の理由がよくわからない。

最近、管理人のお爺さんに若い恋人が出来たって噂は聞いていた。いつもボロボロの格好した老人が、二十代の女と付き合いだしたんだから話題にはなる。

その女は湖に自殺に来たところをお爺さんに止められた。そこから恋仲になったようで、しばらく、管理人小屋に居着いていたらしい。

そして二か月後、二人はいきなり行方不明になった。軽装備で山に入っていく二人が、最後に目撃されている。

心中しに行ったんだろうな。皆は、そう噂している。それでキャンプ場もおしまい。
その女の見た目？　俺は知らないけど、仲間の何人かが見かけてはいるよ。
色白で、やけに髪が長くて、切れ長の目をしていて……。
どうもあそこでは、二年ごとに、同じ顔の女が死んでしまうみたいだ。

JULY

7月 15 水曜日 [WED]

旧 6月14日

きいみ

声　釘がゆっくり喉元に近づく

月齢 13.3

私の実家は、佐賀県で会社を経営していました。同じ敷地内に事務所と自宅があり、二つは内線電話で繋がっていたのです。

小学生の私はたいへんな甘えん坊で、たびたび事務所に内線をかけ、母親を呼び出していました。プルルプルルと呼び出し音を鳴らせば、すぐに母が電話をとってくれます。

「お母さん！　お母さん！　タケシやけど！」と私が言い、

「なんね？　タケシ！　どがんかしたとね？」と母が応える。

これが毎回の、私と母とのやりとりでした。あれは確か、小学校五年生の夏休みだったと思います。

昼間、例のごとく大した用事もないのに、仕事中の母に内線をかけました。

プルルプルル、カチャッ、と母が電話を取ったと感じた瞬間。

「お母さん！　お母さん！　タケシやけど！」

ところが、いつもはすぐ返ってくる母の答えがありません。

「あれ？　お母さん！　お母さん！　タケシやけど！」

明らかに電話は繋がっていました。どうしたんだろう、と不思議がっていると。

……ぁぁん……さぁーん……

受話器の向こうから、声が微《かす》かに響いてきました。小さいというよりも、誰かが遠くから発しているようでした、最初は、受話器に耳を押し当てないと全く聞き取れませんでしたが。

だんだん、その声が受話器に近づいてきます。

……ぁさぁ――ん……ぁぁさぁ――ん……

……ぁぁさぁぁ――ん……かぁぁぁさぁぁ――ん
なんだろう、とすました私の耳に、

「おかぁぁぁぁさぁぁぁ――ん！」

いきなり悲鳴がとどろきました。

びっくりした私は受話器をたたきつけ、通話を切りました。しばらく放心状態のままでいると、たまたま父が事務所から帰ってきました。

とっさに今しがたの出来事を報告すると、父の顔色がさっと青ざめました。

「タケシ！　変なことば言うな！　機械の故障でお前の声が反響しただけやろうが！」

鬼のような形相で私の頭をはたき、そのまま去っていきました。ふだん穏やかな父の、あんな表情を見たのは、後にも先にもあの一度きりです。

その時は父が怖かったので反論せず黙っていました。しかし電話の声は幼稚園児くらいの、明らかに私とは違う、もっと幼い声でした。

まるで迷子が母親を求めて、泣き叫んでいるような……そんな声だったと、今でも覚えています。

後でそれとなく、母に内線をかけた事実だけ話すと、「ずっとおったけど、かかってきとらんよ」と言われました。父と口裏を合わせた可能性もありますが、今となってはわかりません。

その夜、父は私を車に乗せ、洋食レストランへ連れていってくれました。お祝いの時だけ行く店なのになんでだろう、とも思いましたが、大好きなドリアを食べられた私はただ上機嫌になっただけでした。

私に、生まれなかった兄がいると知ったのは、ずいぶん後のことです。

JULY

7月16日

木曜日 [THU]

旧 6月15日

く ゑ

●

名

のぞく鏡が全て割れる

月齢 14.3

大学一年生の時、男女数人で友だちの部屋に泊まることになった。

ちょうど前期の試験が終わった、夏休み前だったと思う。まだ皆それほど仲良くなっていなかったけど、大学生になった解放感を楽しもうとしていた。

だらだらおしゃべりしつつ、深夜一時を過ぎた頃。一人の女の子が「そういえば最近、すごく怖い動画を見つけたんだよね」と言い出した。

確かに、そういう映像を流すのにふさわしい空気ではあった。

家主のパソコンで検索したところ、お目当ての動画がヒットした。

いわゆる心霊スポット突撃ものだ。若者数人が、夜の廃屋を探索している。最初のテロップで場所が示されていたが、細かな情報は忘れてしまった。関西にある別荘らしき一軒家で、「〇〇さんの家」と呼ばれるスポットだったろうか。

暗い廃屋がライトで照らされる雰囲気は、まあまあ不気味だった。とはいえ映像にメリハリはなく、若者たちのはしゃぐ様子が垂れ流されるだけ。こちらの気持ちがダレてきたあたりで、例の女の子が声をあげた。

「あっ、ここ！　ここよく見て！」

ちょうど若者たちが廃屋を出て、映像も終わろうとしていたタイミングだ。カメラが後ろに振られ、家の外観が映される。その崩れた窓の向こうに、若い女が立っていた。

目を凝らさずとも、十代後半らしき顔立ちや、服装まではっきり見て取れる。

なにしろ、その姿があまりにも鮮明だったから。暗く沈んだ周囲とはミスマッチに、女の輪郭はくっきりと明るく際立ち、一ミリたりとも微動だにしていない。

そこでストップモーションになり、次のようなテロップが表示された。

……現場の我々は気づかなかったが、後で映像を確認すると、そこにいないはずの女が映っているではないか……！

動画は終了し、部屋は爆笑に包まれた。「どこが怖いんだよ！」「完全に静止画を合成してるだろ！」「ヤラセでも、もっと丁寧にやれって！」

「え～怖いじゃん。怖くないかなあ……」

動画を紹介した女の子は、不服そうに肩をすくめている。

「ちょっともう一回見せて」

そんな中、A君がこわばった顔で身を乗り出した。乱暴にマウスを動かし、動画の中盤あたりを再生しだす。皆はまだ笑顔を残しつつも、A君のただならぬ様子に言葉を失っていた。

廃屋の壁が照らされる様子が、再び流れだす。心霊スポットのお決まりで、壁は不良たちによる落書きだらけだ。じっとモニターを見つめていたA君は、ある箇所で一時停止した。

男女二人の苗字と名前、そのすぐ下に〝LOVE〟という文字が、赤いスプレーで殴り書きされている。

男の氏名は、A君と全く同じものだった。

「ぜんぜん地元じゃないし、こんな場所初めて知った。なんで俺の名前が……」

そう絶句するA君に「こういう偶然もあるんじゃない」と誰かが声をかけた。

「いや違うよ、だって」A君は声を震わせた。

「俺の名前の横にあるの、昔つきあってた彼女の名前だし。なにより、さっきの合成写真の女、その彼女そっくりだし」

——こいつらが、なんでこんな動画撮れたのかわからない。その子、もう死んでるのに。

金曜日
[FRI]
旧 6月16日

JULY

17

7月

ぶく

●

月齢 15.3

覗

目覚めると枕元にバス停の標識

「それ」を最初に見たのは、五年前の深夜だった。

いつもの居酒屋を出た後、酔い覚ましにうちの近所を散歩していた。

その辺りは下町の、古い長屋が連なる裏路地だ。

千鳥足でふらふら歩くうち、ふいに気になるものが目に入った。

ある家の、古いトタン壁の前。

下町ならではといおうか、休憩用の木の長椅子が道端に置かれている。

そこに中年らしき男が一人、腰掛けている。

ただ、その座り方が奇妙だった。男の体は、なぜか道路の反対側、後ろのトタン壁に向かっている。わざわざ壁との狭い隙間に足を置き、顔を壁にもたせかけているのだ。

不審に思いつつ近づくうち、だんだんその姿がくっきり見えてきた。

あっ、これはだめだ。

喉元まで出た叫び声を、必死に押し殺す。

男は背筋をピンと伸ばし、膝に握りこぶしを乗せている。そして首だけを前のめりに突き出している。

しかしその顔面部分が、ぬうっと壁にめり込んでいるのだ。耳より前はトタン壁の中に消えている。まるで、家の中を覗いているようだった。

怖ろしさに口を押さえ、足音をたてないよう、ひっそり男の後ろを通り過ぎていった。

もし男が自分に気づいたら、こちらを振り向いたら、壁の中から顔を出したら……。

家に帰り着くまで、生きた心地がしなかった。

そして翌日。例の壁の向こうの家が、火事で焼けてしまったのである。

自分のマンションの近くだったので、跡形もなく全焼している様が見て取れた。

——あの男は、いったいなんだったのだろう。家人に火事を知らせたかったのか、はたまた家人への怨念で自ら火事をよんだのか。それはわからないが、しかし——。

「それ」を二度目に見たのは三年前、実家に帰省した折だった。

実家の居間でくつろいでいると、上から泣き声が聞こえてきた。

二階で寝ている、一歳の姪《めい》っ子の声だ。親である妹夫婦はちょっとした買い物に出かけている。母が寝かしつけているはずだが、姪の嗚咽は止まるどころか大きくなるばかり。

さすがに心配になり、二階を確認しにいった。

そして階段を上りきる前に、それが見えてしまった。

階段からまっすぐ続く二階の廊下。左手には、母と姪のいる和室がある。

その襖《ふすま》の前に、見知らぬ背格好の女が立っていた。

顔はわからない。なぜなら女は、首をぐうっと突き出し、少し開いた襖の隙間に頭をつっこんでいたからだ。

あの時の男と同じく、耳より前が隠れて見えない。

そして同じように向こう側を、つまり和室の中をじっと覗きこんでいる。

驚きのあまり足を踏み外し、階段をすべり落ちてしまった。

「どうしたの！」その音で母が二階の和室から飛び出してきた。

「なんでもない」と階段下で尻もちをついたまま答えた。

母は先ほどまでぐっすり寝込んでいて、姪が泣いているのも気づかなかったようだ。

もちろん、襖の間から覗いていた女のことも。

数日後、あれほど元気だった母が、心筋梗塞《こうそく》で急死した。

幸いというか、姪は今でもすくすく元気に育っている。

どうやら「首を前に突き出して覗くもの」は、これから死ぬ人のところに現れるようだ。

なんの本で読んだか忘れたが、大正時代の作家の対談でも、同じようなものの目撃談が語られていた。昔から多くの人に知られている現象なのだろうか。

「それ」が覗きこんだところでは、いつも人死にが出る。しかし我々が見るのは後ろ姿ばかりなので、「それ」がどんな顔をしているかはわからない。

覗きこまれた側では、顔を見たものもいるかもしれない。でもその人たちはすぐに死んでしまうので、やはり我々には伝わらない。

「それ」を見る三度目の機会は、まだ訪れていない。

いや、もしかしたら、とも思う。

街中を歩いている時、ふいに「それ」が横目に入っている時があるのかもしれない。

どこかの家の玄関の、少し開いた隙間に頭をつっこんでいる「それ」を、我々は日常的に、何度も見かけているのかもしれない。

ただ見過ごしているだけで、「それ」はいつも、我々のすぐそばに、いるのかもしれない。

JULY

7月18日 土曜日 [SAT]

旧6月17日

たいか

新

ヤッホーがいつまでも消えない

月齢 16.3

「荻窪《おぎくぼ》駅の近くって、異世界に通じているみたいですよ」

知人のサトシくんが、そんな怪情報を教えてくれた。

荻窪出身のサトシくんには、昔から地元民の友達が多い。どうもここ最近、彼らがその辺りで奇妙な体験をしたという話をよく聞くそうなのだ。しかもその全てが、荻窪駅と新荻窪駅の中間という、徒歩三分ほどの狭いエリアで発生している。

例えばサトシくんの女友達が、JR荻窪駅から私鉄に乗り換えるため、新荻窪駅へと歩いていた途中。いつも利用しているコンビニ「L」に入ろうとしたところ、店舗が、同じコンビニでも「F」に様変わりしていた。

小さい頃から通い、店員とも顔なじみだった「L」がつぶれたのは、それなりにショックだった。悲しくなった彼女は店に入るなり、「ここ、いつオープンしたんですか？」とスタッフに訊《たず》ねてみた。すると店員は不思議そうな顔で、こう言ったのだ。

――この店、もう十年以上前からずっと営業してますけど。

また別の女性は、こんな体験をしたという。

彼女も同じように、荻窪駅から新荻窪駅に向かっていた。両駅をつなぐ道は、乗り換えのための人々がたくさん歩いている。彼女はうつむきがちに歩きスマホをしつつ、同じ方向へゆく人波についていった。一、二分ほどそうしていただろうか。ふと顔を上げると、先ほどまで近くにいたはずの人々が全て消えていたのである。しかも自分自身が、全く見覚えのない場所に立っているではないか。駅近くのはずなのに、周りは田畑ばかり。

慌てて見渡すと、あちこちに大きな看板が点々と設置されている。しかしそれらは全て、日本語でも英語でもない奇妙な言葉で書かれ、どうにも判読できない。強いて言えば、アラビア文字とハングル文字を合わせたような字体だったらしい。

スマホを確認しても、圏外のため反応なし。途方に暮れながらふらふらと歩いているうち、いつのまにか、なじみある新荻窪駅の裏手に出たのだという。

「他にも色々聞きましたが、ぜんぶ、荻窪駅から新荻窪駅に乗り換える途中の出来事ってのが共通してます。そのルートに、なにか不思議な境界でもあるんでしょうか？」

そんな話を聞いたのが、数日前のこと。

なるほど奇妙なことだと思った私は、帰宅後すぐにネットの地図を確認してみた。しかしいくらクリックしても、なぜか「新荻窪」という駅が表示されないのだ。

そんなはずはない。私も東京育ちなので、荻窪には数えきれないほど訪れている。新荻窪駅だって、ＪＲ中央線からあの私鉄に乗り換えるのに何度も利用しているし……。

そこで、はたと我に返った。その私鉄はなんという名前の路線だ？　新荻窪という駅なんて、いつどこで存在していたというのか？　いっさいなにも思い出せないではないか。

でも、だったらなぜ、新荻窪駅があるという記憶が、ついさっきまで鮮明に私の中に残されていたのだろうか。

後日、サトシくんに会った際、この件について確認してみたのだが。

「なに言ってるんですか、そんな話、してませんよ」

驚いた顔で、そう返されてしまった。

JULY

7月

19

日曜日

[SUN]

旧 6月18日

ごむ

月齢 17.3

籠

蛍光灯が知らない
虫で溢れる

子どもの頃、こっそり隠れてする遊びがありました。

私の実家は、四国の田舎町《いなかまち》です。

そのためか、「しょい籠《かご》」というものを倉庫に置いていました。竹で編んだ大きめの籠で、背中にしょって荷物を入れる、昔のリュックサックですね。

幼い私は、それを頭からかぶって、ぐるぐる回るのが好きでした。

すっぽり入れば胸までくる大きさですが、それだと頭のてっぺんにぶつかって、ずれたり跳ねたり安定しません。なので、だらりと垂れたしょい紐に、あらかじめ左右の腕を通しておきます。その両腕をぴんと横にはり、籠を肩に乗せるようにかぶれば、ちょうどよく固定されるという訳です。

そして、ぐるぐるぐるぐる……体を回転させていくのです。

するとだんだん酔っぱらうような感覚になり、籠の目の隙間から、おかしなものが見えてくるのです。

まず、細かい編み目からわずかに覗く外側が、きらきら輝いていきます。

太陽や照明の光ではありません。

不思議な紫がかった閃光《せんこう》が、だんだんと籠の外に広がっていくのです。

それでもまだ、ぐるぐるを続けていきます。

すると今度は、白く細長いものが浮かぶのも見えてきます。

ミミズみたいですが、もっとスラリとした、絹の糸のような質感です。

きらめく紫色の世界に、白いくねくねが、たくさんたくさん飛んでいる。

そんな美しい光景を、両手を伸ばして回りながら、うっとり見つめていたものです。

ただし、その最中は人目につかないよう注意しなければいけませんでした。

祖母に見つかると、こっぴどく叱られるからです。

「何しちゅう！　こがなこと、どこで覚えてきたが！」

すごい剣幕で籠をとりあげられるのです。けっこうな強さで頭を叩かれ、泣きわめいたこともありました。

祖母がぐるぐる遊びを忌み嫌っていたのには理由があります。

祖母の姉と、彼女たちの母親である曾祖母《そうそぼ》。その二人もまた、「籠をかぶって、ぐるぐる回っていた」らしいのです。

でもそれは遊びではなく、一種の占いとして、人に頼まれてやっていた仕事だったそうです。曾祖母はぐるぐる回るうちに、籠の編み目から未来が見通せたのだとか……。まだ少女だった祖母の姉も、その手伝いをしていました。

でも、彼女はある時、占いの途中で亡くなってしまったのです。

死因はわかりません。とにかく突然、泡を吹いて心臓が止まったということです。

それを境に、集落内では、うちの家についての悪い噂がたてられていきました。

だから曾祖母や祖母は住んでいた土地を出ていかざるをえなくなった。今の実家はその時、親戚筋を頼って引っ越したところなのだ……と。

そんな話を家族から聞かされ、さすがに私もぐるぐる遊びを控えるようになったのです。

でも、今となっては不可解なところもあります。

祖母の言う通り、私は誰にその遊びを教えてもらったのでしょう？

本当に、自分一人で考えついた行為だったのでしょうか？

遠い記憶をたどっていくと……。

あの頃、実家の裏で、よく遊んでくれた女の子がいたような気がするのです。

顔も服装もおぼろげですが、私より少し年上のお姉さん。

しかし、うちの近所に、そんな子はいません。小さい町なので、同世代の子は顔も名前も全員はっきり知っています。

その見知らぬ子が、私にぐるぐる遊びを教えたような気がするのです。

なぜなら私の頭には、ある映像が鮮明に残っているからです。

籠をかぶり、両腕をぴんとはって、回転する女の子。それを近くで見ているイメージ。

一人で遊んでいたなら、そんな光景が記憶に残っているはずがありません。


私は大学からずっと、東京で暮らしています。

上京してからというもの、あまり実家に帰省していません。

もし家の裏手で、ぐるぐる遊びをする少女を見かけたらと思うと、怖ろしくてならないからです。

7月 20

JULY

月曜日 [MON]

旧 6月19日

児

落とした肋骨を拾ってもらう

ちう

月齢 18.3

そう、あれは僕が五歳の時のことだ。

実家の居間にて、両親と祖母の四人で、テレビを眺めていた。

「そろそろ寝る時間だよ」

母に促《うなが》された僕は、「うん」と素直に立ち上がった気がする。

真面目な父は、いつもそこで「おやすみ」と声をかけてくるのが日課だった。しかし当夜に限って、その挨拶は発せられなかった。

――ひぃ。

代わりに、小さな悲鳴をあげたからだ。

父はこちらにいっさい目もくれず、居間の扉の向こうを愕然《がくぜん》と見つめている。僕ら家族もその視線に引っ張られていくと。

廊下に、見知らぬ女が立っていた。

ボロ布をまとっている体はぐっしょり濡れ

ていて、腕には丸裸の赤ん坊を抱えている。

時が止まったように、そこにいる誰もが息をつめて固まってしまった。どれだけの時間が経っただろうか。ふいに、女は赤ん坊を支える両手を、すうっと前に伸ばしてきた。まるで我が子をこちらに差し出すような、そんな仕草。

ごおうっ
そこで、冷たい風が吹いた。

家の窓もドアも閉じられている。たつはずのない強風に目がくらむ。

その間際に、女も赤ん坊も姿を消していた。

女が立っていた場所には、大きな水たまりだけが残されていた。


その後、僕たちは特に問題なく過ごしたはずだ。

少なくとも、なにか大きなトラブルがあったという記憶はいっさいない。あの濡れた母子については、誰も一言も話題にのぼらせなかった。

だから僕は、次第にこの出来事を忘れていった。

ただ、それから二十年ほど経った現在。なぜか突然、当時の記憶がよみがえった。しかもそのイメージが、頭について離れない。

あれは、幼い頃に見た夢だったのだろうか？　そんなものが、ここまで鮮明に思い出せるものだろうか？

自分の記憶が正しいのかどうか、やけに気になって仕方がない。

だから実家に帰省した折、両親に例の件について訊ねてみたのである。

「覚えてるよ」

父と母はそう呟いたきり、一言も発さなくなった。

その深刻めいた表情にとまどううち、僕は、はたとあることに気がついた。

黙りこくる父母の横では、実家住まいの弟が座っている。こちらの会話など意に介さず、呑気《のんき》に携帯電話をいじっている。

五歳離れた弟の横顔を、僕はただ、じっと見つめ続けた。

JULY

7月 21

火曜日
[TUE]
旧 6月20日

ろうしゃく

月齢 19.3

産

ほくろの位置が
毎日変わる

妻が階段から足を滑らせた。そのまま五段ほど落ち、腰をしたたかに打ったようだ。古い家ならではの狭くて急な階段で、前から危ないと思ってはいたのだが。

二人で住むには、庭つき二階建ての一軒家なんて、広すぎたのかもしれない。

家賃の安さに惹《ひ》かれたものの、築年数なりの劣化がきているのも確かだ。冬は隙間風が冷たいし、縁の下には猫かネズミでも潜りこんでいるのか、よくガタガタと音がたつ。

でもまあ結局、この家しか借りられなかったのだから仕方ない。貧乏夫婦である僕らが賃貸を探すとなると、たいてい審査で落とされてしまうのだ。

その点、ここの大家さんはかなり大らかだった。家も庭も勝手にいじって構わないと言われている。その言葉に甘えた妻が「本格的なガーデニングでもしようかな」と張り切っていたところだったのだが……。

腰を痛めた彼女の代わりに、僕が庭を掘らされる羽目となった。土をひっくり返していき、木の根がはっていない場所を見つけていく。

そこでふと、スコップが硬いものに突き当たった。見ると、キャベツくらいの大きさの石が埋まっている。

なんだろう。掘り出してみて、その石のあまりのまん丸ぶりに驚かされた。加工されたのかと思うほど、本当になめらかな球体なのだ。

「ここらへんって、よくこういう丸石が出てくるのよ」

翌日、大家のお婆さんがそう教えてくれた。

確かに注意してみると、あちこちの道端に、似たような球体の石が置かれている。わざわざ祠や台座をつくって、神様みたいに祀《まつ》っていたりもする。

「あれはね、ちゃんとしておかないと危ないの」と大家さん。

「気をつけないと、この石は夜のうちに勝手に増えていくのよ。見た目が卵みたいだからかしら。石がまた子どもの石を産むんだって」

ガーデニングの作業はなかなか進まない。雑草の根がはっている上、たびたび例の丸石が出てきてしまうからだ。小さいものから大きいものまでサイズは様々だが、どれもこれも異様にまん丸だ。積んでおくこともできず、庭の隅に並べるのでスペースもとられてしまう。

言い出しっぺの妻は、病院に行ってからというもの、すっかりやる気を失っている。もう腰は問題ないはずだが、精神的な落ち込みがひどいのだ。

「よくあることだって、お医者さんも言ってたでしょう」「階段から落ちたのは関係ないから気にしないように」「はやく体調を戻そうね」

僕にはそうやって慰めることしかできない。

ある日、例によって一人で庭掘りをしていたら、変な臭《にお》いがただよってきた。

縁の下からだ。覗き込んでみると、奥にネズミの死骸があるではないか。

ゴミ袋で回収しようと、慌てて床下に潜りこむ。そこでまた嫌な気配がしたので、暗がりを懐中電灯で照らす。

吐き気がした。ネズミや猫とおぼしき小動物の骨が、幾つも転がっていたのだ。

気持ち悪いが、そのままにする訳にもいかない。なんとか大きな骨だけでも拾っておく。頭蓋骨の数は猫が二つにネズミが三つ。先ほどのネズミと合わせて、六体もの動物がここで死んでいたようだ。

六体……。その数がひっかかったので、庭の隅に置いていた丸石を数えてみた。

大きめのが二つ、小さめのが四つ。

背中に冷たい汗がにじむ。

妻が外出していることを確かめ、家の中に入る。階段下の床に四つんばいになり、目を凝らして探っていく。新しくなにかが生まれるには、その分なにかが必要になるはずだ。

――石がまた子どもの石を産むんだって。

やはりそこには、小さな小さな丸石が、ころりと転がっていた。

僕らはまた、引っ越し先を探さなくてはいけないようだ。

7月 JULY 22 水曜日 [WED]

旧 6月21日

めつもん

月齢 20.3

音

吊革が首吊り縄になっている

バアン！

自分の部屋で寝転がっていると、またあの音がした。

僕の耳元に響く、なにか大きなものがはじけ飛ぶような音。

「ああ、もう……」

うんざりしながら漫画を脇に置いて、瞼《まぶた》をぎゅっと閉じる。この音が鳴った後は、きまってアレが見えてしまうから。

この現象が最初に起きたのは、一か月前の夜。その時、なにも知らなかった僕は、アレをしっかり見てしまった。

半狂乱になって部屋を飛び出し、母親と姉を叩き起こした。泣きじゃくりながら自分の聞いた音と見たものを必死に説明していった。

それなのに、全然とりあってくれなかった。

「それはね、気のせいだよ、寝ぼけたんだよ」と、うっすら笑いながらごまかすだけ。

もちろんそれ一度きりなら悪い夢を見たんだと考える。

でもそれから毎日、毎日、一日一度は「バアン！」という破裂音が僕のすぐそばで鳴るのだ。それに続いて、アレが出てくるのだ。でもいくらそのことを母や姉に主張しても、向こうは「気のせい、気のせい」の一点張り。

二人とも冷たい訳ではない。どちらかといえば、かなり優しい方だろう。でも同時に、変なことを言う僕を扱いづらそうにしている感じもあって、それがなんだかとても嫌だ。

すっかりあきらめた僕は、四日目からもう家族に報告することをやめた。そして音が鳴るたび目を閉じるようにした。

今夜だってそうだ。きつくつむった瞼の向こうに、アレの息づかいを感じる。しばらく我慢しているうちに気配は消える。そこで目を開ければ、いつもの部屋が広がっているだけ。

そのはずだったのに。

アレはまだ、消えていなかった。僕のすぐ前で、僕の瞳を覗き込んでいた。

僕の目と、アレの逆さまになった目が合う。

頭が下になった男は、ぴたりと空中に固まっている。そして次の瞬間。

バアン！

逆さまの男の頭が、床に激突した。

僕は悲鳴を上げて、母親の部屋へ駆けこんだ。騒ぎを聞いた姉も、そこに入ってくる。

「だからね、気のせいだって言ってるでしょ」

二人はいつもの台詞《せりふ》をはいて、僕をなだめようとする。

「気のせいじゃない！」

この時ばかりは、僕も興奮して言い返す。母もつられて大声をあげる。

「仕方ないでしょ！　あんた、あんな……大変な目にあったんだから。ショックでおかしくなってるだけなの！」

大変な目？　なにを言っているのかわからない。きょとんとした僕の顔を、母と姉がいぶかしげに見つめてくる。

「……本当になにも覚えてないの？」

母は言葉を選びながら、一か月前の出来事を語ってきた。

その時、中学校から帰宅した僕は、飛び降り自殺の現場を目撃したというのだ。

うちのマンションから、一人の男が身を投げた。真っ逆さまに、僕のすぐそばへと落ちてきた。そして目の前の地面に激突した。

「だからそんな……ショックで変な幻覚を見たって、仕方ないでしょう」

そうだったかもしれない。よく思い出せないけど、そんな気もする。なにより、精神的なショックとした方が色々説明がつくし、意味不明な状態よりよっぽどマシだ。

「……あんたも落ち着いてくれれば、だんだん心の整理も」

バアン！

すぐそばで、またあの音がした。一瞬ギクリとしたけど、すぐに気を取り直したので、周りを観察することができた。だから、母と姉が目を見開き、ぎゅっと顔をこわばらせたのを、僕は見逃さなかった。

——なんだ、二人も聞こえてるんじゃないか。

その夜からずっと、僕たちは三人、川の字になって寝るようにした。

幸い、音が鳴る頻度は、だんだん減っていった。三日に一度、一週間に一度と、忘れた頃に響くようになったので、なんとか我慢できた。

それでもこの現象がすっかり消えるまでに、三年はかかった。引っ越せばよかったとも思うのだが、父が残した借金のために、それもままならなかった。

三年後、母は再婚した。そこでようやく、皆でこのマンションを出ることができた。

それからというもの、僕は一度もあの音を聞いていない。

木曜日 [THU]

旧6月22日

JULY

7月

23

じゅうし

憶

茄子を踏むと牛の鳴き声

月齢 21.3

今から七十年ほど前、東北のある村で、八歳の女の子が見た出来事です。

少女には、お気に入りの遊び場所がありました。村はずれの、ニレの大木がはえた小高い丘です。よく一人きりで木に登ったり、草むらに寝転がったりしたものでした。

一人きりで、というのは、そこに友達の誰もついてこなかったからです。村の大人たちから、あの丘で遊ぶな、と厳しく言われていたのです。

「あそごさ、牛の首塚だがら、荒らしてはなんねえ」

牛の首塚とはなんなのか。なぜ荒らしてはいけないのか。

それ以上は誰も教えてくれませんでした。というより、大人たちだってなにも知らなかったのです。とにかく「牛の首塚に入ってはいけない」という決まりがあるだけでした。でも少女にとって、そんな決まりなど関係ありません。いっそ誰も来てくれない方が、丘の上で広々と遊べて都合がよいくらいでした。

ところで、少女の家の隣には、三人家族が住んでいました。若い夫婦と、お姑《しゅうとめ》さんが一人。その隣家から、夜ごと大きな声が響いてきたものです。意地悪な姑が、嫁をいびって怒鳴り散らしているのです。旦那は出稼ぎが多く留守がちだったので、お嫁さんをかばってくれる人は誰もいませんでした。

そんなある日のこと。夜ふけに、少女の家の玄関がせわしなく叩かれました。なにごとかと親たちが出ていくと、隣の旦那さんが青ざめた顔で立ちつくしています。

「うちの婆ちゃん、いねぐなった！」

昨日からずっと、お姑さんが行方不明だというのです。まだ頭もしっかりしているし、どこかに行く訳もない。心当たりはないかとまくしたてるのですが、少女の家族どころか、村の誰も見かけていません。

そんな騒ぎを、少女は土間の脇から覗いていました。旦那さんの背後には、隣の奥さんがひっそり佇んでいます。皆から顔をそむけるように、斜め下を向いています。

その口が、にいーっと笑っていたのを、少女は見逃しませんでした。

慌てている大人たちの目には入っていない。自分だけが見てはいけないものを見たようで、背筋が寒くなりました。

それから何日経っても、隣のお婆さんは帰ってきませんでした。

山菜取りに山に入って、うっかり沢に流されてしまったのだろう。もうあきらめた方がいい。村の人たちは、そう旦那さんを諭しました。

そんな折、少女がまた例の丘で遊んでいた時のことです。

草花を摘んでいる途中、ふと妙な空気を感じて振り返りました。

遠くから続く一本道を、誰かがこちらに歩いてきます。

真夏の陽炎《かげろう》がゆらめいているので、ぼんやりした人影しか見えません。

しかしゆっくり近づいてくるにつれ、その影の異様さがわかってきました。

頭が大きすぎる。黒っぽいその頭は、人の何倍もの大きさがあり、なにやら角まではえている。

まるで、牛の頭のようでした。

少女は急いでニレの木陰に隠れました。じっと息をひそめて気配をうかがっていると、それは丘の前を通り過ぎ、向こうへ去っていったようです。

そうっと木の陰から顔を出してみました。すると道の先に、隣の家の奥さんが立っていました。遠くから、じいっとこちらをにらんでいるのが見えたのです。

とっさに視線から逃れました。少女はそのまま、死角になる位置を選び、ゆっくり丘を下りていこうとしました。

そこでまた、奇妙なものを見つけてしまったのです。

丘のふもとに、一部だけ草が生えていない箇所がありました。黒々とした土が、ふわりと盛り上がっています。まるで一度掘り返され、また埋め直されたような……。

少女は、なにも気づかなかったことにして、家まで逃げ帰りました。


ついこの前、近所でちょっとした騒ぎがありましたね。

マンション建設中に、たくさんの骨が出てきてしまったそうです。

細かく砕かれた牛の骨に交じって、古い人骨も発見されたのだとか。

いえいえ、私はなにも知らないし、今さらなにを言ったって仕方ありません。

八十年も生きていれば、自分が住んでいる土地の変な噂くらい知ってますよという、ただそれだけの話です。

JULY 7月 24

金曜日 [FRI]

旧 6月23日

おうもう

石

線香花火だけが照らす顔

月齢 22.3

東京の女子大に入り、一人暮らしを始めて間もない頃のある日。

アルバイトに行こうとアパートを出たところで、財布を忘れてきたことに気づいた。

駆け足で部屋に戻り、テーブルの上の財布を取ってから再び外出しようとドアノブに手をかける。

そこで「えっ？」と声が出た。玄関が開かないのだ。ドアがわずかに動いたところで、ガコンガコン、とつっかえてしまう。どうやら外側で、なにかの障害物にぶつかっているようだ。

突然の事態に焦りながらも、思い切り体重をかけてみる。

なんとか、もう少しだけ戸をずらすことができた。

その隙間から外をうかがったところ。

ドアの前に、大きな石が置かれていた。

一部がちらりと見えるだけだが、よほどアンバランスな形状でもない限り、大型犬くらいの大きさはありそうだ。とにかく相当な重さのようで、これ以上はいくら押してもびくともしない。

部屋はアパートの三階だ。こんなもの、誰がどうやって運びこんだのか？

先ほどアパートを出入りした時には、なんの異常も人影もなかった。たとえ大人数が大急ぎで持ってきたとしても、それなりの騒音がするはず。

頭の中がぐるぐると混乱する。なんとか気を落ち着かせ、とにかく助けを求めようと管理会社に電話した。

「そうですか。すぐに人を行かせますので少々お待ちください」

冷静な回答通り、ものの十分ほどで二名の男性スタッフが到着した。

「今どかせますから」

ドアの隙間ごしに担当者が声をかけてくる。続いて、「せーのっ」という掛け声とともに、なにやら重いものをひきずる音、ガシャリという金属音が響く。

そしていつものように、ドアは外側へと開いた。

「また何かあったら、すぐご連絡いただければ」

担当者が、玄関先でにこやかに頭を下げた。

その背後をおそるおそる覗いてみる。

もう一人のスタッフが、用意してきたのだろう台車に手をかけていた。台車の上には、先ほどの大きな石が載せられている。

かなり古びた、苔《こけ》だらけの石だった。あちこち欠けているものの、丸みを帯びた直方体は、人の手で加工されているようだ。

そして上になった面には、かすれて消えかかった幾つかの漢字が彫られている。


——これ、墓石ですよね。

担当者は「そうですね」と一礼した後、台車をガラガラと押して帰っていった。

JULY

7月

25

土曜日

[SAT]

旧 6月24日

ちいみ

絵　沖合で鳴る風鈴の音

月齢 23.3

うちの高校は吹奏楽の名門です。「パーカッション室」という打楽器専門の練習室があるくらいです。ただこの部屋が、ちょっと変わってまして。

なにがといえば、一年中、ずっと真っ暗なんですよ。窓はおろか、カーテンもずっと閉めっぱなしで、開くのを固く禁じられているからです。

その理由を先輩に訊くと、かつて「その部屋から」か「その上の屋上から」か、生徒の飛び降り自殺があったんだ、という説明が返ってきます。だからってなんで窓もカーテンも閉めっぱなしにするのか、理由になってませんよね。まあ、防音のためにそうしているのに、怪談めいた変な尾ひれが付いたってことなのかなあ……と。

そう思ってました。Kの一件があるまでは。

Kというのは、吹奏楽部で一緒だった男子生徒です。好奇心旺盛《おうせい》な変人でした。たまにいますよね。やるなと言われたことほど、率先してやってしまうような奴。

そんなKが、ある夏の日の放課後、パーカッション室の掃除を、一人で任されました。

Kは部屋に入るとまず、誰も入ってこられないように入り口の錠をしめました。そして蛍光灯だけの薄暗い部屋のカーテンを、シャアアアッて一気に開けちゃったんです。

そこから夏の夕陽が差し込んでくる……というKの予想は裏切られました。

窓全体に、ガムテープがべたべたと貼られていたからです。

（なんだこれ？　ガラスが全部割れてるのか？）

思わぬ光景に、Kはたじろぎました。長期間ずっとこのままで放置されているらしいことは、古くなったガムテープの臭いと、その上についたカビや埃《ほこり》から見てとれます。

そしてふと、テープの一部分が気になりました。そこだけ四角い形に膨らんで、けっこうな厚みがあったからです。やはりそこは変人のK。ビビビ……考えなしに、その部分のテープを一気に剝《は》がしていったのです。

すると出てきたのは、木の額縁にはまった、一枚の絵画でした。大きく横に裂けた口、見開いた目、満面の笑みの男の絵だったそうです。

なんだこれ、気持ちわる……と思った瞬間。

バチン！　大きな破裂音とともに、部屋の電気が消えました。

いきなりの停電に焦ったKは、とっさに部屋から飛び出そうとドアにとびつきました。ところが必死にドアノブを回した途端、ゴトン、とノブが外れて床に落ちたのです。

あ、もう出られない……。Kは泣き出しそうになりました。

「なに今の音！　大丈夫？」

そこで幸運なことに、向こうから吹奏楽部の友人の声が響いたのです。

Kは必死にドアを叩き、「鍵を持ってきてくれ！」と叫びました。異常を察した友人は、すぐにスペアキーを取って戻ってきてくれました。その間ずっと、窓の方から視線を感じていたそうです。もちろん、振り向くことなどできませんでしたが。

ようやくドアが開くと、心配そうな友人の顔が見えました。

「ごめん助かった……」

そう言いかけたKを見て、友人はとっさに後ろにとびのきました。

「え、それ、なに？」

友人が指さしたのは自分の手元。なにを言っているのかと首を下に傾けると。

Kは自分でも気づかないまま、男の絵を両腕で大事に抱えていたそうです。

7月 JULY 26

日曜日 [SUN]

旧 6月25日

じゅし

襖

西瓜に割ってくれと懇願される

月齢 24.3

寝ている横で、彼が静かに呟いた。

「……小さい頃、隣の部屋が怖くてさあ」

今日ようやく、彼の実家の両親に、結婚前の挨拶を済ませることができた。

そのまま夕飯をごちそうになった後、客間に並べてもらった布団で横になる。

そして、二人ともうとうとしかけたところだった。

「隣の部屋って、居間のこと？」私もささやき声で答えた。

「……ううん。そっち側に襖があって、隣の部屋に行けたはずなんだ」

隣の部屋に行けたはず？

彼の指す方には、がっしりした白い漆喰《しっくい》壁が、橙《だいだい》色の豆電球の明かりに浮かび上がっている。壁の向こうは、もう家の外のはずだ。

「……まあ、子どもの妄想だよ。本当はそんな襖も部屋もなかったんだけどね」

この客間は元々、亡くなった祖父母の部屋だったそうだ。

幼い彼は、ここに遊びにくるたび、奥の閉じた襖が気になっていたという。

うちって、もう一つ隠し部屋があるのかなあ？

そんな好奇心も芽生えた。でも襖の奥は、なにか見ちゃいけないものがありそうで、開くどころか隙間を覗くのもためらわれた。

「……爺ちゃん婆ちゃんも悪いんだよ。あの襖に触るな、隣の部屋には絶対入っちゃダメだって真面目な顔で言ってくるんだから……そりゃ子どもの妄想もふくらむって」

その祖父母については、私も以前から聞かされている。両方とも、彼が七歳の時にたて続けに亡くなったという。まず祖父が肺炎で急死した後、祖母もたちまち衰弱し、後を追うように逝《い》ったのだ、と。

「死ぬ時も一緒って理想の夫婦じゃない？」とは、彼がしみじみ漏らした感想だ。

「……二人が死んで、ここが客間になったとたん、不思議と襖が消えてしまって。両親に、隣の部屋はどうしたのか聞いてみたら」

そんなもの初めからないだろう、と笑われた。そこで彼の幼い妄想も終わったのだ。

なんだ、けっこうメルヘンな一面もあったんだな。今じゃすっかり現実的なことにしか興味を示さないくせに……。

しゃべりながら眠ってしまったのだろう。彼の方からはもう、すうすうという寝息が聞こえるだけ。私も寝なくちゃ。瞼を閉じ、掛け布団をたくしあげる。

「……でも、俺、見たんだよな、一度だけ」

私は目をつむったまま、なにを、とだけ返した。

「……二人が死ぬちょっと前。開いてたんだ、襖が……それで見るだけ見た、向こう側」

——その向こうは、なにもない土だけの部屋。床も壁も本当に茶色い土だけの、ガランとした部屋で……。

「……そこに、爺ちゃん、婆ちゃんが、二人で、背中むけて、正座してて……」

そこでパタリと声がやんだので、ぼんやり彼の方を見てみる。すっかり目を閉じ、また寝息をたてはじめていた。寝ぼけてるのか、と思いながら体の向きを変える。

その先に襖が見えた。

確かに、さっきまで、ただの壁だった。でもそこに、ぴたりと閉じた襖がある。

豆電球の薄闇に、いつのまにか、ぼんやり襖が照らされている。

「……いつか一緒に開けような」

後ろで、彼が静かに呟いた。

7月 JULY 27 月曜日 [MON]

旧 6月26日

きいみ

月齢 25.3

策

枝豆のさやから
目玉がころり

この子は大人になる前に死ぬから、あきらめなさい。

私の両親は生まれてすぐ、そう告げられました。告げたのは医者ではなく、名前を付けてもらいに行ったお坊さんから。

「あらかじめ戒名に使いやすい名前にしておきましょう。薬師如来さまの正式名からとって、〝瑠璃〟と」

ずっと懇意にしていた僧侶から言われたことを、父も母も受け入れました。すぐ死ぬことを前提にして、私は瑠璃と名付けられたのです。

病弱な赤ん坊ではなくとも、なにかしら予感めいたものがあったのでしょう。

これは後から聞いた話ですが。私が生まれてからというもの、家中の壁に黒い手形がつくようになったそうです。誰も触っていないのに、大きな家具がずれることも。それらの怪現象は特に、赤ちゃん用品やベビーベッドのそばで頻発していました。

我が子を連れていこうとするものの気配を、両親はおぼろげに感じていました。

自分自身の幼い記憶に残っているのは、一人の「お姉さん」です。家族でも親族でもない、時々あらわれてはすぐ消える、いつも笑顔の若い女。

「こっち、こっち」

ある時、三輪車に乗っていたら、お姉さんが道路の向こうから呼びかけてきました。きらめくような満面の笑みで手招きをしている。

なんだろう？　私は無邪気にそちらに近づいていきました。

キコ、キコ、キコ。

とたんに、体がふわりと浮いたように感じました。私はそのまま、三輪車ごと落下していきました。

お姉さんがいたのは、崖の向こう側だったのです。

幸い、たいした怪我はしませんでした。崖下から見上げた時にはもう、お姉さんの姿は消えていました。

お姉さんは、プールの中にいたこともあります。

水泳の授業中、平泳ぎしながら目にした水底に、お姉さんが仰向けになっていたのです。

「こっち、こっち」

水中なのに声が聞こえる。にっこり笑いながら、自分に手招きしている。

次に気がつくと、プールサイドで先生に体を揺さぶられていました。いつのまにか水底に沈んで気絶していたそうです。

そんなことが、何度も、何度もありました。


だけど私は死ななかった。

いや、一度は死んだのです。正確に言えば、「死んだことにされた」。

名付け親のお坊さんは、ただ「あきらめなさい」と突き放しただけではありませんでした。

私が七歳の時、とある対策を講じてくれたのです。

それは葬式をあげること。一度亡くなったという形で、「嘘の葬儀」を執り行ったのです。

私を連れ去ろうとするモノたちを、勘違いさせるために。

以降、あのお姉さんがあらわれることはなくなりました。

そのおかげです。

五十歳を過ぎた私が、こうして、あなたに思い出話を語れるのは、そのおかげなんです。

火曜日
[TUE]
旧 6月27日

JULY

7月 28

くゑ

薄

畳の縁を剃刀が滑っていく

月齢 26.3

うちの近所のレンタルDVD店がつぶれることになった。閉店セールとして、在庫ソフトが投げ売りされているらしい。

「あそこって、けっこう変な映画、置いてあったよね？」

セールが始まって数日後、ホラー映画マニアの彼氏が、掘り出し物を探そうと誘ってきた。私はそういうジャンルにまったく興味ないし、正直、気が進まない。だけど「男一人でホラーDVDばかり漁ってたらヤバげだろ」と無理やり付き合わされてしまった。いちおう「ヤバげ」なのは自覚しているのか。

いつ来ても、この店は薄暗い。もちろん蛍光灯は明々とついているのだけど、なんというか空気がぼんやり、じめっとしている。

駆け足でホラーコーナーに向かった彼氏の

他には、客の姿も見えない。バイトも全員辞めてしまったのか、店長らしき男の人がレジにいるだけ。やっぱり私だけでなく、ここに近寄りたがらない人は多いのだろう。

……まあ、なんにも感じないやつだっているけど。

彼氏は夢中になって、棚に並んだホラー映画をチェックし続けている。「ふうむ……おお、3だけじゃなく4も……」独り言を呟きながら、思わず顔がニヤついたりして。こういう客ばかりだったら、店もつぶれずにすんだのかもな。

狭い店なので、店長さんがこちらをジロジロうかがっているのがわかる。

まあ、なにか探すふりくらいはしておくか。

パッケージを眺めているような感じで、棚の間をぶらついてみる。確かにこの店はけっこうマニアックだ。わざわざ音楽ドキュメンタリーのコーナーなんて作ってたりして。昔のフェスやライブ映像、日本だと全然メジャーじゃないミュージシャンの伝記……。あの店長の趣味なんだろうな。

あ、このバンドのもあるんだ。高校生の頃ちょっと好きだった海外ロックバンドのDVD。懐かしいなあ、と思ってパッケージを手に取った。投げやりな金額のシールが貼られている。別に買う気もなかったけど、なにげなくケースをつまんで引き出そうとした。

——ぐいっ。

軽い手ごたえが指に伝わる。中身が抜かれたパッケージ。その細くて狭い空間から、紙みたいな薄い手が一本伸びている。ＤＶＤケースを下からつかんで、ぐい、ぐい、と引っ張ってくる。

思わず下がった私の目線の先に、それが見えた。

隙間の中から、こちらをにらみつけている、ぺらぺらの薄い顔が。

そんなもの「見える」はずがない。だって、指も通らないような隙間に、縦に入っているんだから。縦になった薄い紙を上から見ても、表面に描いてある絵は見えないはず。

でも確かに、憎しみのこもった顔が、こちらをにらんでいるのが「見える」。

とっさにケースを中にしまい、棚へと戻した。店長さんの方を向くと、わざとらしく目をそらして、なにか作業しているような素振りをはじめた。

だから、この店に来たくなかったのに。

ここには「薄い人」がたくさんいる。たぶん自分たちが薄いから、薄いところに入り込むのが好きなやつら。それを邪魔されると怒ったようになるやつらが。

昔は、雨戸の隙間にでも住んでいたのかもしれない。今だったらこういう店が、隙間だらけで最高の場所になっているのかな。

ここが閉店したら、やつらはどこに行くんだろう。

JULY

7月 29

水曜日 [WED]

旧 6月28日

ぶく

透

皆が横顔だけそっくりになる

月齢 27.3

　そのお肉屋さんには、夫婦と一人息子の、三人家族が住んでいました。

　経営は主に奥さんが担っていたと思います。僕もよくお使いに行かされましたが、店先にはいつも奥さんしかいませんでした。

　ところが、ある日突然その奥さんが亡くなりました。病死ということでした。さらにそれから一週間もしないうちに、旦那と一人息子は肉屋を出て行き、行方不明になってしまったのです。後には、シャッターが閉まったままの肉屋の店舗だけが残されました。

　町の人々は、面白半分でこんな噂をささやきました。

「肉屋の奥さんは病死ではなく、あの旦那が殺した」

　もちろん面白半分のデマに過ぎません。僕

だって一、二度は友達とそんな冗談を言い合ったこともありました。しかし、事はそこで終わりませんでした。

それから七年経った頃、突然、息子だけが肉屋に戻ってきたのです。

ある朝、店のシャッターを開ける彼の姿を多くの人が見かけました。

今さらどうして、と町の人々は不審がりました。もっとも、厄介ごとにまきこまれるのを怖れ、彼に話しかける人はいませんでしたが。

風化しかけた例の噂が、またささやかれだすかと思いきや……そうはなりませんでした。

その日の夕方、火事が起きたからです。

現場は肉屋です。

炎はものすごい勢いで建物を包みました。僕も両親や町の人々とともに、その光景を見守っていました。近所の人たちによれば、息子自ら、ガソリンをまいて火をつけたとのこと。

つまり、焼身自殺です。

燃えさかる店の中に、あの息子がいると思うと、ゾッとしました。

周囲の延焼はまぬがれましたが、焼け跡には真っ黒になった肉屋の骨組みと、息子の遺体だけが残されました。

しばらくして、肉屋の残骸《ざんがい》は全て撤去されました。

空き地となったそこには、今でも「売地」の看板だけが空しく立ったままです。

それからというもの、夕暮れ時に空き地を通ると、男の姿が見えるようになりました。

肉屋のご主人です。

妻と息子の亡くなった場所で、二人をしのんでいるのでしょうか。最初はみんなそう思っていました。ただ、その日のみならず何度も何度も、空き地に立つ彼が目撃されているのです。きまって夕暮れ時にあらわれ、すっかり日が落ちて街灯がともりだすと、いつのまにか消えてしまうそうです。

僕も一度だけ、遠くから見たことがあります。

ご主人は看板の手前に、棒立ちになっていました。というより、彼の体の向こう側に、透けるようにして看板が見えるのです。

しばらくその姿を観察していましたが、ぼんやり正面を眺めたままピクリともしませんでした。

今でも、そこにご主人が立っているのかはわかりませんが、いまだに町の人は夕方になると、空き地のそばの道を避けて通っています。

七月二九日

木曜日
[THU]
旧 6月29日

JULY
30
7月
たいか

布

誰かが扇風機の向こうから覗く

月齢 28.3

うちの向かいの雑居ビルが取り壊され、小さな空き地ができた。

だから今、その先に建つマンションの裏側が、すっかり丸見えになっている。

マンションといっても立派なものではない。築五十年は経っていそうな、七階建ての寂れたビルだ。

ずっと昔は、隠されていたこちら側も有効利用されていたのだろう。こうなってみて初めて、裏にも各部屋ごとの窓がはめこまれていることがわかった。雑居ビルと隙間なくぴったり隣接していた時は、こんなもの開けても意味がなかったはずだ。

そして各フロアの端には、コンクリートが四角く塗りこめられた跡も見える。非常口のようなドア枠を埋めた痕跡《こんせき》なのだろう。経緯は知らないが、隣にビルが建つタイミングで、外階段が撤去されたのかな。

そんな景色をぼんやり眺めていると、建物にまつわる文字通り「裏の歴史」を観察しているようで、なんとなく楽しくなってきた。

ただ気になるのは、マンション下の壁際にある、ボロボロの布きれだ。長さは一メートルほど、焦げ茶色の汚いマントのようなもの。それが地面の上の手すりにひっかけるように置かれている。

はじめは、目立たないところにゴミを放置しているだけかと思っていた。

しかし二、三日経った頃、布きれの位置が変化していることに気がついた。

それはいつのまにか、二階の上の方にぶらさがっていたのだ。

風でまくれ上がって、どこかの突起にひっかかったのだろうか。

汚いなあ、危ないなあ。風の強い日にでも、こちらに飛んできたら嫌だなあ。

見えにくい位置だから、住人たちもわかっていないようだ。早いところ、大家か管理会社が取り払ってくれないものか。

そして翌日。布が三階部分に吊されているのを見た時、さすがにおかしいと感じた。

確かに高層ビルみたいなつるつるした外壁ではない。でもいくら風でずれたとして、その都度ちょうどよくどこかにひっかかる偶然が、ありうるだろうか。

住人の誰かがイタズラで動かしている？　長い竿《さお》を使えば、ずらすのは可能だろう。それでも上手く固定するのは難しいし、第一そんなことをする意味がわからない。

次の日、布きれはもう四階へと上がっていた。

寒気を覚えた。まるで意思をもって、少しずつ壁をにじり登っているようだ。

うちと空き地の間には路地があり、多少は通行人も行きかっている。でも誰一人として、あの奇妙な布を気にする素振りすら見せない。

あるいは空き地に入っていって、すぐ下から見上げれば、布の正体もわかるかもしれないが……とても、そんな勇気はない。

その次の日は、なるべくマンションを見ないようにして過ごした。

しかし夕方頃、どうしても気になってしまい、窓からおずおず外をうかがってみた。

あれ、と思った。

案の定というか、布は五階へと移動している。

それとは別に、いつも閉まっているはずの裏手の窓が一つ、わずかに開いているのだ。しかも五階の、布きれにほど近い窓が。

それは一瞬の出来事だった。

布がわずかに震えたかと思うと、突然、しゅっと窓の隙間に入り込んでしまった。

慌てて目をこらし、マンションの方をにらみつけた。だが後はもう、なんの変哲もない外壁が、ただ静かに夕陽に照らされているだけ。

その日の深夜。

遠くから近づいてきたサイレンの音が、うちの前でぴたりと止まった。外をのぞくと、消防車が二台、救急車が一台、回転灯を光らせながら空き地横に停車している。

――503号室で……が……の模様……

あの布きれがすべりこんだ窓と思われる部屋番号が、隊員の声から聞き取れた。

その後すぐ、空き地には新しいビルが建った。

だからもう、マンション裏手の壁はすっかり見えなくなっている。

JULY

7月31日

金曜日 [FRI]

旧 7月1日

ごむ

車　日傘の影につきまとわれる

月齢 29.3

この前、僕が荷物搬送のアルバイトをしていた時だ。

一日だけコンビを組んだ五十代のオジさんが、運転中にこんな話をしてくれた。

彼の友人で、やはりドライバーをしている男の体験談だという。

ある朝、わけもなく不安になり目が覚めた。布団から体を起こすと、そのまま足が車庫へと向いていく。自分の車は、きちんといつもの場所に収まっていた。しかし右のヘッドライトだけがいつもと違っていた。

なにか赤黒いものが、べっとりとそこに張りついている。

からからに乾いた血でこわばった、髪の毛の束だった。

車に向かって深々とおじぎした人の頭を、ブレーキも踏まずにはねれば、このようなものがくっつくだろうか。

あわてて記憶をめぐらせてみる。昨夜は仕事からの帰り、毎日通るルートでこの車を走らせた。酒など一滴も飲んでいない。なんの異常もなくスムーズに帰宅したはずだ。

いや、一度だけ、車体がガクンと傾きはした。ただそれは、ショートカットのため、未舗装の農道を走っていた時のこと。畑にはさまれたあの道は、一か所だけ大きなへこみがあり、そのポイントを通る一瞬だけ、車が右側に沈む。何か月も前からの、いつものことだ。

――なにもない。なにも起きてはいない。

その日は、車用洗剤で丁寧にヘッドライトを拭いてから出勤した。

しかし次の日から、奇妙な低い音が聞こえてくるようになった。それは家にいる間中ずっと響いている。空気を震わせるようなノイズが、途切れることなく響いてくる。

はじめは遠くかすかだった音は、日を追うごとに家へと近づいてきた。朝目覚めるたび、昨日よりも大きくはっきりと聞こえてくるのだ。

三、四日たつ頃、その正体はヘリコプターのプロペラ音だと思い当たった。ただし、いくら空を見渡しても機体の影の一つも確認できなかったのだが。

さらに一週間もすると、もはや耳をふさぎたくなるほどの轟音《ごうおん》となってしまった。ヘリコプターは、明らかにわが家の真上を旋回し続けている。しかし外に出てみてもやはり、屋根の上には異常がない。

もうとても耐えられず、警察署へと駆け込んだ。

○月×日に人をひいたようです、調べてください。そう懇願した。

警察ではヘリコプターなど飛ばしていなかったのだが、ちょうど同月同日にあったひき逃げ事件と状況や血液反応などが一致したため、後日、逮捕されることとなった。

ただし、不思議な点がある。

そのひき逃げ現場は、今まで彼がいっさい通った記憶のない道路だったのだ。

「そいつはね、今でも交通刑務所に入ったままだよ」

ハンドルをにぎりながら、ドライバーさんは僕に以上の話を聞かせてくれた。

友人の身に起きた出来事なので、細かな点はどこまでが事実かわからないという。

そんなことを饒舌《じょうぜつ》にしゃべり続けるオジさんの、やけに落ち着きのない瞳が、ずっと気になっていた。

たぶん、これは友人ではなく、オジさん自身の体験談なのだろう。

そう確信してはいたが、僕はひたすら、素直に相槌をうつだけだった。

AUGUST

8月 1

ちう

土曜日 [SAT]

旧 7月2日

吸

ラムネ水から
悲鳴がはじけた

月齢 1.0

チエちゃんは泳ぎの得意な子だった。

いつも近所の海で遊んでいたので、肌はこんがりと日焼けし、肩幅もがっしりしている。

私はその逆で、ヒョロヒョロした運動オンチ。「海辺の町に住んでるのにカナヅチは恥ずかしい」と心配した親に、無理やり夏休みの水泳教室に入れられるほどだった。

だからあの夏の日、プールサイドにチエちゃんの姿を見かけて不思議に思った。

わざわざ水泳を習いに来る必要なんてないのに。

「家にいるより、学校の子とおしゃべりしたくって」

そう笑って、チエちゃんはざぶりとプールに飛び込んだ。まるで魚、いや蛇のようにくねくね達者に泳ぐ彼女は、とてもきれいだった。私はプールサイドを小走りに歩きながら、水中をゆく彼女の姿を愛《いと》おしんだ。

チエちゃんは私より先に反対側にたどりついた。

ざぶり、と水から上がったその背中を見て、あることに気がついた。

彼女の首の後ろ、うなじの下のところに、ぷっくり腫《は》れたオデキがある。やけどのように真っ赤で、てっぺんには針で刺したような小さな傷もついている。

「あ、これ、おまじないの跡だよ」

私の視線に気づいたチエちゃんは、隅っこのフェンスに寄りかかりながら、そう説明した。

普段は服で隠れてるけど、水着だと見えちゃうよね、と。

「最近よく家に来る、天狗《てんぐ》みたいな人にやってもらうんだ。丸いガラスみたいなのでここをキューッて吸い込むの。体が丈夫になるんだって」

天狗みたいな人の、おまじない？

「なんか白い着物を着てて、黒っぽいのを頭に着けて、杖《つえ》を持ってる、おじさん」

今になって考えれば、そいつは山伏《やまぶし》の格好をしていたのだろう。でもバカな私は天狗そのものしか想像できず「顔が赤くて鼻が高いの？」という質問を返してしまった。

「ううん、顔は普通」

でもちょっと変なのは……チエちゃんは言葉をにごした。

「鼻のかわりに、口がにゅうんって細長くのびるんだよね」

おまじないの途中、首からガラスを外したところで、そいつは唇を大きく突き出す。すると口全体が「じょうご」のように先細りしながら、ありえない長さまでのびる。

そして丸く腫れたチエちゃんのオデキから、ちゅうちゅう血を吸ってくる。

てっぺんについた傷は、その吸い跡なのだという。

なにそれ、気持ち悪い、やめたほうがいいよーっ。

私は、冗談めかすように大声で笑った。でも心の中では、強烈な嫌悪感を抱いてしまっていた。


それからすぐ、チエちゃんの両親が逮捕された。

子どもだった私たちに、事件の詳細が伝えられることはなかった。チエちゃんはどこか遠くの施設に連れられていき、それから二度と会っていない。

大人になった現在なら、色々なことを調べられるだろう。

チエちゃんの親の罪状や、彼女が今どこでどうしているのか。結婚しているのか子どもはいるのか。でもどうしても、それらを詮索《せんさく》する気になれない。してはいけない、とすら思っている。

私は一度だけ、町を去る直前の彼女を見かけているからだ。

浜辺に立つチエちゃんは、あっというまにガリガリにやせていた。広い肩幅など見る影もなく、すっかり頬までこけている。その肌は明らかに日焼けとは違う、黄色のまじったような浅黒さだった。

私は遠くの物陰から様子をうかがっていた。

そこでふと、チエちゃんがこちらの方を振り向いた。

とっさに隠れた私に、彼女は気づいていないフリをしたのだと思う。でも確かに、私と彼女は目が合ったのだ。

私は声をかけられなかった。あの時、絶対に彼女は、私を見ていたのに。

だから今でも、私はチエちゃんに会えないでいる。

8月 AUGUST

2

日曜日 [SUN]

旧 7月3日

ろうしゃく

月齢 2.0

夢

蝉を埋め直す
仕事につく

七月四日

そういえば最近、空を飛んでいない。

夢の中での話だ。小さい頃や中高生まではよく、ふわふわと空中を散歩する夢を見たものだった。今でもはっきりと、夜空から眺めた光景、あの気持ちよさを覚えている。飛ぶ夢というのは、大人になるにつれて見なくなるものなのかな。でも昔を思い出したせいで、なんだかもう一度同じ体験をしたくなってきた。夢をコントロールするには、夢日記をつけるといいそうだ。今日からは起きてすぐ、夢をこのメモに書き残しておくようにする。

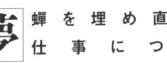

七月六日

日記をつけるようにしたのは正解だった。

こんなにすぐ「飛ぶ夢」に出くわすとは。飛んでいくのは空想の世界ではない。よく見慣れた、うちの近所の上空だ。家々の屋根を見下ろして、速いんだか遅いんだかわからないスピードで進んでいく。そうそう、この感じだよ。昔の楽しさがよみがえってきた。

七月一一日

夢って、クセになるものなんだろうか。メモに残しているうち、毎晩のように「飛ぶ夢」ばかり見るようになった。それもだんだん長くなっていくし、なんというか、ぼんやりしたイメージではなくなっていく。自分の体の感覚や、目に入るもの、全てが目覚めている時と同じようなリアルな感じ。なんだか少し怖い。

七月一四日

今日初めて、「飛ぶ夢」を最初から最後まで見てしまった。今まで夜空に浮かんでいるところから始まっていたけど、それは途中なのだとわかった。本当は寝入りばな、自分がベッドから離れて、宙に浮かんでいくところから始まるのだった。驚いて下を向くと、目をつむっている自分の体が見えた。そのまま家の外へと飛んでいく。いつものように、近所の上空を浮かんでいく。そして目が覚める直前、ぐいぐいと家の方に戻っていき、また寝ている自分の中に入っていく。それが「飛ぶ夢」の全体なのだと思う。

でも、ベッドに自分がいるんだとしたら、外を飛んでいる自分は、なんなのか？

七月一七日
もう見たくないのに、また例の夢を見てしまう。メモに残すから、何度も何度も繰り返してしまうのだ。夢日記をつけるのは、もうやめることにする。

八月二日
これが最後になると思うけど、念のためにメモを残す。夢日記をやめて、睡眠薬を飲んでぐっすり眠るようにしてから、しばらく「飛ぶ夢」は出てこなかった。

でも十日前だ。またそれを見てしまった。自分の体から抜けた自分が、宙を浮かんでいく。嫌だ嫌だと思うけど、勝手に部屋の外、空の高いところに進んでいく。

ベッドに戻ろう。はやく目を覚まそう。それだけを念じていった。必死に体に力をこめるうち、飛んでいくスピードが止まり、元に戻るような感じがしてきた。

だんだん自分の部屋の窓に近づいていくのがわかる。はやくはやく、目を覚まさないと。

次の瞬間、ぱっと目が開いた。視線の先には、部屋の天井。なんとか戻れたんだと思い、ベッドから体を起こした。そこで「バンバン」という音がして、思わずそちらを振り向く。

窓の外にいる自分と、目が合った。

ベッドにいる自分に向かって、必死にガラスをバン、バン、バンと叩いている。

慌てて駆け寄ろうとしたとたん、外の自分は後ろにひっぱられるようにして、夜空の奥へと消えていった。

それからずっと、あの夢は見ていない。以前と同じ生活を、いつも通り送っている。

でもさっき、変なことを思いついてしまった。あの夜、窓の外にいた「自分」は誰なのか。もしかしたら、あれこそ十日前まで生きていた「自分」だったのではないか。今ここにいる「自分」は、あの瞬間に入れ替わった、また別の「自分」なのではないか、と。

なぜなら、この夢日記の内容を、今の「自分」はなに一つ覚えていないからだ。前の「自分」が覚えていたはずの「飛ぶ夢」について、なにも思い出せない。

「自分」が書いたメモを見て、そんな夢を見ていたのか、と思うだけだ。

もちろんこれは、変な想像に過ぎないのだろう。でも、いつかまた、あの夢を見てしまうかもしれない。そこでまた今の「自分」が別の「自分」と入れ替わるのかもしれない。

その別の「自分」のために、この夢日記を残しておくようにする。

8月 AUGUST 3

月曜日 [MON]

旧7月4日

めつもん

花

砂浜で無数の
足音に囲まれる

月齢 3.0

僕は小学生の頃、兵庫県のとある団地に住んでいた。

たくさんの人が住むマンモス団地だったが、うちの棟だけが少し変わっていた。

なぜか、三階だけ立入禁止になっていたのだ。

両親の話によれば、その階は誰も住まないことになっている。確かに階段も二階と四階の間は、木の柵《さく》が立てられ通過できない。エレベーターの扉部分には板がはられており、三階を通り過ぎるたび、ガラス扉の向こうが真っ暗になった。もちろん三階ボタンを押しても、他の階のように点灯しないし停まることもない。

だから三階より上の住人は、エレベーターで上り下りするか、建物の端にある非常階段を使うしかなく、少し不便だった（非常階段から三階に入る扉も、頑丈に閉じてある）。

なぜ三階だけが無人のまま、封鎖されていたのだろうか。

「頭のおかしな女が放火して、三階の住人みんなが焼け死んでしまったから」

団地の子ども連中はそんな噂をささやいていたが、本当のことはわからない。

ただ僕は一度だけ、この階に入ったことがある。

「探検してみよう」と兄にそそのかされたからだ。

あれは二〇〇六年の夏休み。二人とも暇をもてあましていた昼間のことだった。

兄とともに、いったん自分たちの住む五階から二階へと下りる。そこから階段の柵を乗りこえ、こっそり上へと侵入していく。蟬がやかましく鳴いていたけど、団地の周りに人の気配はなく、やけに静かに感じられた。

まっすぐ延びた三階の廊下は、真夏の太陽の陰になってひんやりと暗く、やはり静寂に包まれていた。廊下を見渡した僕と兄はすぐ、全ての玄関ドアの前に、奇妙なものたちが置かれているのに気づいた。

カラカラに乾いた、花束だ。

いつからそこにあるのだろう。茶色く枯れた花の残骸が、各部屋の前に一束ずつ、ぽつりぽつりと並べられている。

その異様な光景を見て、僕はもう帰りたくなっていた。兄もそうだったと思う。

でも兄は僕に、年長者としての威厳を見せたかったのだろう。

「変なとこやな」

明らかに無理して笑いながら、ガンガン、無人のドアをノックしていったのだ。

「もう帰ろうよ」

僕は泣きながら兄の手をひっぱり、必死になってその行為をやめさせた。

そこからは兄も素直に、二階まで戻ってくれた。エレベーターに乗り、自分たちの部屋の階まで上がっていく。いつものように暗い三階部分を通り過ぎていく、その時だった。

ガンガンガンガン！

真っ暗なエレベーターの扉の向こうを、大勢の手が叩く音がした。


しばらくして、僕ら家族は団地を出た。

「部屋の玄関をずっと、たくさんの人が叩いている」

あの日からずっと、兄がそう言ってきかなかったからだ。

そしてまだ、兄はその音に悩まされ続けているようだ。

十年以上経った今も、両親と住むマンションの自室に、彼はずっとひきこもっている。

火曜日 [TUE] 旧 7月5日

AUGUST 8月 4

じゅうし

写 地蔵を見るたびにらまれる

月齢 4.0

これのどこが心霊写真なのか、さっぱりわからないですよね。

はい、私の言い方が悪かったです。

この写真、いくらじっくり眺めても、幽霊も不思議なものもいっさい写っていません。

ただ海岸で、三人の女性が腕を組み合っているだけ。なんてことのない写真です。

もちろん彼女たちは生きている人間ですよ。後ろ姿だから顔は見えませんけど。

試しにほら、浜辺の看板に書いてある、慰霊祭の名称と年代を確認してください。

インターネットなどで調べたら、参列者の名前だってちゃんと出てきますから。

十五年前、この海で起きた水難事故を覚えてますか。

小さな子どもを含め、六名が波にさらわれ

て亡くなってしまった、哀しい事故です。全国に報道されたはずですが、地元民でなければ忘れている人の方が多いでしょうね。

これは、その事故から十年後に行われた慰霊祭の様子です。撮影したのは私です。地元広報誌からの依頼で、カメラマンとして参加しました。式はつつがなく進行していきましたよ。遺族の多くは涙ぐまれていましたが、十年も経っているので、落ち着いた様子だったと記憶しています。

そして最後の予定である献花となりました。亡くなられた六人の犠牲者に向けて、海岸から六本の花を、沖に流すというものです。そこでトラブルが起きました。

年配の女性が一人、海の中へ走りこんでいったのです。そのままザブザブと水をかきわけ、沖へ沖へと進んでいくではありませんか。

慌てて男性が——おそらく旦那さんでしょう——それを止めに走り出しました。スタッフの人たちも駆けつけます。羽交いじめにされた女性は、必死になにごとかを叫んでいました。うまく聞き取れなかったけど、おそらく誰かの名前だったかと。

女性はなんとか浜辺へ連れ戻されました。しかしそこでまた、別の女の人がふらふら海の方に歩きだしていったのです。家族らしき人が、腕をつかんで必死に止めています。彼女は波打ち際で引き留められながら、沖を指さして「あそこ、あそこにいるから」と泣きながら訴えています。さらにまた別の女性も、同じ方向を見ながら悲鳴をあげました。

もう、大混乱でした。

二十分ほどして、三人の女性はようやく落ち着きました。私は現場スタッフから間接的に聞いただけですが、彼女たちは先ほどの行動の理由を、こう説明していたそうです。

……沖の方に、死んだ自分の子どもがいた。海の上に立って、こちらをじっと見つめていた。それを見てしまったらもう、駆け寄らない訳にはいかなくて……。

三人が三人とも、まったく同じことを証言したのだ、と。

他の遺族やスタッフにとっては、その日はいつもと変わらない海があるだけでした。ただあの時、子どもをなくした三人の母親にだけ、それが見えたのですね。

不思議なもので、自分と同じ体験者がそばにいると、人は冷静になれるようです。落ち着かれた女性たちは、誰もいない沖に向かって、並んで黙とうを始めました。

申し訳ないけど私も仕事なので、顔が写らないよう、背後から撮影させてもらいました。ただやはり後になって、その写真については、広報誌側から「事情を考慮して掲載しない」と言われてしまいましたが。

母親たちは祈っていました。目を閉じ頭を下げ、三人でがっしりと腕を組み合わせて。もしまた我が子が見えても、誰も海へと走り出さないように。

8月 おうもう

AUGUST

5

水曜日 [WED]

旧7月6日

歯

蚊帳の穴から
細い指が一本

月齢 5.0

人形に歯をはやしてはいけません。歯のある人形は不吉です。おぞましいです。

もちろん歯がはえている人形もありますよ。例えば雛《ひな》人形。お雛様や三人官女の真ん中は既婚者なので、お歯黒を見せるのが本式だそうです。

いけないのは、子どもの歯です。

幼い人形に乳歯をはやすのはいけません。白い塗料で歯を表すだけならまだしも、立体の歯をつけてしまうのは……本当にいけません。

乳歯とは、すぐに抜けるものだからです。抜けた後、大人の歯がはえてくるはずだからです。もし子どもの人形の歯が抜けて、新しく大人の歯がはえてきたとしたら……。

本当におぞましい。そう思いませんか？

少なくとも私と母は、歯のある人形を忌み嫌っています。

母の実家は、札幌ススキノにありました。

曾祖母と祖母の代には、そこで飲食業を営んでいました。ずいぶん繁盛していたようで、お座敷や宴会場もある大きな店舗でした。

よほど儲《もう》かっていたのと、昔のススキノの活発な空気もあったのでしょう。店は改装に改装を重ね、複雑に入り組んだ、異様な建築となっていきました。戦後あたりまで、家の苗字をとって「〇〇御殿」と呼ばれていたそうです。

しかし祖母が亡くなった後、その屋敷は長らく廃墟になっていました。

後を継ぐ人がいなかったからです。

母の男兄弟は全て、幼い頃に死んでしまいました。そして祖母の男兄弟も全員、やはり大人になる前に亡くなっています。母の家系は、全ての男児が早死にしているのです。

曾祖母の子も祖母の子も、無事に生き延びたのは女性だけ。

ちなみに私の祖父は、他の家からの入り婿です。

なぜ男の子が育たないのか……。祖母はその理由を知っているようでしたが、私たちにはけっして打ち明けませんでした。おそらく、とても語れない事情があったのでしょう。

あの日を境に、私と母はそう考えるようになりました。

私が高校生の時です。札幌市街地の再開発によって、母の実家が取り壊されることになりました。それに伴う事前確認のため、母と私は久しぶりに実家を訪れたのです。

ホームレスが住んでいないか、高価な骨董品《こっとう》が残っていないかを調べるためです。あちこちに奇妙な小部屋がつくられた建物を、苦労しながら見てまわりました。といっても、ガラクタばかりで肩透かしをくらっただけですが。

私たちは最後に、物置部屋の押し入れをチェックしました。

そこでふと、母が妙なものを発見したのです。

押し入れの天井部分の板が、一つだけ横にずれている。その隙間の上には、なにかの空間があるようでした。もしかして、屋根裏部屋でしょうか。

母は、押し入れの中からその板を外して、穴に頭をつっこんでみました。

その瞬間です。

背後にいた私にも、母の全身が粟立《あわだ》っていくのがわかりました。

押し入れから出てきた母に「どうしたの」と尋ねても、黙って頭を横に振るばかり。

好奇心に負けた私は母を押しのけ、屋根裏を覗いてしまいました。

そこには天井の低い、四畳半ほどの空間がありました。

明らかに、誰かがつくった隠し部屋です。

懐中電灯の光をぐるりと廻すと、一つのちゃぶ台と五組の布団が目に入りました。

瞬間、私の背筋に冷たいものが走りました。

ついさっきまで、どこかの家族が暮らしていたかのようだったからです。ちゃぶ台には茶碗や箸が並べられ、五つの掛け布団は全てぺろりとめくれています。

それ以上におぞましかったのは、大きく口を開けた人形たちでした。

男児の市松人形が五体。

それぞれ五組の布団の上に一つずつ、ちょこんと座らされていました。

そして全員の口には、不釣り合いに大きな歯がはえそろっていたのです。


翌日、解体業者のゴミの運び出しに立ち会いました。

例の人形たちも屋根裏から引きずり出され、捨てられていきました。

業者さんによれば、彼らが座っていた布団の上に、それぞれ小さな歯がいくつも落ちていたそうです。すぐに処分したので、人間の歯かどうかはわからなかったそうですが。

母には兄と弟が一人ずついました。祖母の男兄弟は三人です。

つまり合計で五人の男の子が、この家で幼いうちに亡くなっています。

8月 AUGUST 6

木曜日 [THU]

旧 7月7日

ちいみ

同

首輪だけをひきずり散歩する

月齢 6.0

あの家に住んでいた少年時代、よくこんな夢を見ていた。

夏の日射しが照りつける中、とぼとぼとあてもなく歩いている。周りの風景は近所の見知った路上だが、昼日中なのに誰の姿も見当たらない。

そこでふと、足が止まる。すぐ脇にあるのは、毎日のように通り過ぎている電柱。それがどうにも気になってしまう。首をうつむかせてみると、電柱の下の方に二体の人形がぶらさがっている。

誰もが知っている、有名な女子向けのお人形シリーズだ。その代表格である女の子と男の子が、一体ずつ捨てられている。

いや、ただ捨てられているだけではない。

二体とも首に細い紐がまかれ、それが電柱の一番下のボルトに結ばれているのだ。まるで首つりのように、ぶらんと空中に垂れ下がり、ゆらゆらと揺れる二体の人形。それらが同時にゆっくり回転し、こちらに顔を向けてくる。そうして目と目が合ったと思った瞬間。

二体の顔が、まるで自分をにらむように、きっと険しくなった。

とたんに怖ろしくなり、その場から逃げ出す。わが家を目指し、無人の道路を息せききって走る。ようやく自宅の玄関にたどりつき、ドアノブに手をかける。

ああよかった、ちゃんと帰れた。安心しかけたところで、脇の表札が目に入り、体がすくむ。そこには、自分たちと別の苗字が記されていたから。

ある日を境に、そんな夢を何度も何度も見るようになってしまった。

ただの夢だと思いつつも、さすがに回数が重なれば不気味になってくる。そこでとりあえず、三歳下の妹にだけ、こっそりと打ち明けてみた。

すると驚いたことに、妹もまた、同じ時期から同じ夢を見るようになったのだという。聞けば聞くほど、細部にいたるまでまったく自分のそれと似通っている。

こんな偶然がありうるのだろうか？

以降、妹とお互いの夢を報告し合うようになった。しかし日数を重ねても、この奇妙な一致は毎晩毎晩続いていく。妹がすっかり怯えだしたので、全てを両親に報告してみた。

最初は二人とも半信半疑だった。妹と口裏を合わせて嘘をついていると思ったのだろうか。

しかし夢に出てくる表札の苗字を告げたとたん、顔色が変わったのを覚えている。

父も母も、予想もしないほどの慌てぶりだった。特に母は、もうこんなところに住んでいてはいけないと強く言い張った。

結局、すぐにあの家を引き払うこととなった。

理由は、大人になってから聞いた。

自分たちが越してくる前に、あそこに住んでいた家族がいた。やはり父母と兄と妹という、我々と同じ構成だったそうだ。

しかしある日、その兄妹は死んでしまった。

そうして空き家となったあの家に引っ越してきたのが、自分たち家族だったのだ。

それ以上の詳細は、両親もよく知らないのだという。ただ、二つの事実だけは打ち明けてくれた。

一つ、彼らが死んだ年齢は、自分と妹があの夢を見るようになった歳と同じだったこと。

そしてもう一つ、兄妹は誰かに殺されたのだということ。

金曜日
[FRI]
旧 7月8日

AUGUST 8月

7

じゅし

月齢 7.0

傷 無言の赤子たちに指さされる

母は着物が好きな人です。私はその方面に詳しくないので、どれだけ高級なものを持っているかはわかりません。それでも多少のこだわりや、趣味といえる程度のコレクションはあるようです。

昔は、デパート催事場での和装販売などに、よく私を連れて出かけたものです。幼い私は、それが楽しみでもありました。オモチャを買ってもらえるというのもありますが、縮緬《ちりめん》や更紗《さらさ》の美しい柄、かわいい小物類を眺めるのも嬉しかったのです。

「でもこういうのを買うときは、気をつけた方がいいのよ」

古布などに興味を示す私を見て、母は何度か注意してきました。全くの新品だけでなく、和服は仕立て直しやリサイクルが多いものです。そうした布や帯や小物は、どんな人が着ていたかわかりません。

また日用品と違って、着物類を手放す時は、深刻な事情が絡んでいる場合が多いから、とも言っていました。もともとはお金持ちだった家が、没落したり借金を重ねてやむなく……といったような。

「色々な念がこもっている物も、あるだろうからねえ」

私が母と同じ趣味を持てなかったのは、そんな風に聞かされてきたからでしょう。

しかも我が家には、母の説を裏付けるような品があったのです。

帯留め、というのをご存じでしょうか。

帯を締める細い紐に固定する、小さなアクセサリーです。

母が愛用していたのは、菊を模した本珊瑚《さんご》の帯留めでした。

それ自体は可愛らしいものです。でも和装の場合、組み合わせや季節ごとのルールがあるはずです。母もそこに気をつかわないはずがありません。

それなのに、どんな装いの時にも、母はその帯留めを着けて出かけるのです。

そして必ず、小さな怪我をして帰ってくるのです。

帰宅後に帯を解き、襦袢《じゅばん》まで脱いだ母のおなかには、いつも四つの細いミミズ腫れがありました。

四本の爪でひっかいたような、赤い線。それが白い肌に生々しく残っているのです。

また、その傷は、帯留めの位置をずらせば、ずらしたなりの箇所につくのだそうです。

「そんな呪われているようなもの、どうして早く捨てないの」

私がいくら主張しても、母は黙って微笑むだけだったのです。

結局、十年以上もの間、母はその帯留めを使い続けました。


そして私が大学生になった頃。

ある日、私は父に連れられ、知らない人のお葬式に参列しました。祭壇の写真には、中年の女性が写っています。

「お前も大きくなったから、そろそろ話しておこう」

父によれば、その故人の女性こそが、私を産んだ人だというのです。今の母とは、私が赤ん坊の時に再婚したのだ、と。

「詳しい事情は、お前が知りたくなったら教えるし、そうでなければ黙っておく」

あまりに突然のことで、私も、もうそれ以上のことを聞く気にはなりませんでした。

ただ一つだけ。その時ひらめいたある予感を、父に質問したのです。

「そうだよ。あの帯留めは、さっきの人が、お前にと残したものだよ」

父の顔は、あまりに辛《つら》そうでした。だから私も、そこで話を終わらせてしまいました。

その日を境に、母があの帯留めをすることはなくなりました。

「あなたが結婚する時にでも、持たせてあげるわよ」

今ではもう、笑いながらそんなことを言ってきたりもします。

菊を模した本珊瑚の、とても可愛らしい帯留めです。

でも、私はそれを、どうしても身に着ける気にはなれないのです。

AUGUST 8月 8

土曜日 [SAT]

旧 7月9日

きいみ

湯

エレベーターが花嫁で満員

月齢 8.0

どぼどぼ、どぼどぼ……

深夜だというのに、なんだか工事の音がうるさくて寝つけない。

さきほどから窓の外で、水を流すような低音が鳴り続けている。

——うるせえなあ、こんな時間に水道工事してんのかよ。

無視しようとしても、やけに耳についてしまうから迷惑だ。しかも気のせいか、音は次第に勢いを増しているような。

どぼぼ、どぼぼ……

いや、確かにどんどんうるさくなっている。なにをどう工事しているのか。水を吸い上げているようではないし、道路に水をぶちまけてる訳でもなさそうだ。

水をはった中に、また水を注いでいるよう

な音。はじめは遠くの方で小さく鳴っていたのに、いつのまにか部屋のすぐそばまで——。そこでようやく気がついた。音は大きくなっているんじゃない。近づいてきているんだ。

どぼぼぼぼ……

それは今、この部屋の中で響いている。

はっとして目を開けたが、暗闇でなにも見えない。金縛りというのか、体もうまく動かせない。

ふわあ、と温かい空気が頬をなでた。鼻の中にも湿った匂《にお》いが届いてくる。

湯気だ。俺のすぐそばで、浴槽に湯がはられているんだ。

どぼぼぼぼぼ……

全身に力をこめると、指の先だけピクリと動いた。そこから金縛りが解けていく。なんとか上半身を起こし、枕元のリモコンで照明をつける。

そのとたん、音はぴたりとやんだ。

明るくなった部屋を見回したが、浴槽どころか変わった物はなに一つない。

どうも、寝ぼけただけのようだ。半覚醒の中で、夢と現実が入り混じったんだろう。水でも飲もうかと、ベッドから足を下ろす。

ぐしゅっ。足の裏に奇妙な感触が伝わった。

カーペットの一部がびしょびしょに濡れている。慌てて上げたくるぶしが、ほんのり赤く濡れている。血か？　そう思って確認してみるが、体のどこにも傷はない。それに血液にしては色が薄すぎる。

こんな飲み物、こぼした覚えはないけどな……。

箱に残っていたティッシュを全て使い、その水を拭き取った。そこでようやく眠りにつくことが出来た。

昼過ぎあたりに目覚め、なにげなくケータイを確認してみて驚いた。仲の良い友人から、十回以上もの着信履歴が残されている。

すぐにかけ直すと、友人は深刻な声で、ある名前を告げてきた。

つい最近、自分に別れ話を切り出してきた女の名前だ。

その彼女が昨夜、自宅マンションにて自殺を図ったというのだ。

彼女は睡眠薬を飲んだ後、浴槽に身を沈めた。そして剃刀《かみそり》で自分の手首を切り、湯を出しっぱなしにしたまま、眠りについたのだという。

そんな報告を聞きながら、ずっと足元のゴミ箱を見つめていた。

薄紅色に染まった、大量のティッシュが溢《あふ》れている。

AUGUST

8月

9

日曜日
[SUN]
旧 7月10日

く ゑ

川

明日の失せ物が今日見つかる

月齢 9.0

長野県のある山に、友人と二人、イワナを釣りに行った時のこと。

渓流釣りは山の奥へと入らなくてはいけない。途中から道なき道の藪《やぶ》をこいでいき、目当ての淵《ふち》に出る。ポイントをずらすため、僕と友人とで離れた場所に移動した。あとはそれぞれ、一人ぼっちで川の流れに身を浸すだけだ。

しかし、この日の釣果《ちょうか》はかんばしくなかった。事前情報でも評判のよい川のはずだが、いつまでたってもボウズのまま。

そろそろ西日が山の端《は》に隠れようとしている。夕間暮れになれば、魚たちも活発になるだろう。せめて一匹は、と焦りながら、魚影と水流に目をこらしていた時だった。

青みがかった物体が、ふわふわと川上から

流れてきた。一見して魚の類でなく、なにかの人工物だとわかった。こんな上流にまでゴミを捨てるやつがいるのか……。あきれつつも、川の中ほどに歩を進め、それを拾い上げる。メガネだった。黒に近い青色のフレームで、片側のレンズにヒビが入っている。釣り人が転んで落としたものだろう。

後で自分のゴミとまとめようと、岸辺の平たい石に置いておく。

それから十分ほど経っただろうか。岩陰にキャストしようとしたところで、竿をにぎる手が止まった。すぐ先を、青黒く小さな物が流れてきたからだ。

おそるおそる拾ってみて驚いた。先ほどと同じメガネではないか。レンズの割れ方まで全く一緒。とっさに川辺の石を確認したが、その上にはなにも載っていない。

背筋が寒くなった。握っていたメガネは、思いきり背後の林へ放り捨てた。

いったん友人のところへ合流しよう。踵《きびす》を返しかけたとたん、また川面を流れるそれが目に入った。

とぷん、とぷん。浮き沈みする青黒いフレーム。

そこで気づいてしまった。

あのメガネは、そうだ。三年前まで親しくしていた、釣り仲間の一人、あいつがかけていたものだ。

硬直した僕の前を、メガネはそのまま通り過ぎ、川下の方へと消えていく。

すぐ後ろで、草むらがザクザクと音をたてた。

振り向くと、あいつが立っていた。

見覚えのある顔が、木々の間からこちらを覗いている。髪も体もびっしょりと濡れている。

いつもかけていたメガネはなく、黒々とした瞳で、黙ってじっと見つめてくる。

三年前、岐阜の渓流で水死したはずの、あいつだ。

思わず対岸へ逃げようと走り出す。そこで足が滑り、半身が川底に打ちつけられる。腰から下が水に沈み、パニックになる。もがくように両手がばたつく。

「おーい」

そこで上流から声がした。

はっと気づいて立ち上がると、連れの友人が、こちらに歩いてくるところだった。

急いで藪に目をやったが、もうそこには人影一つなかった。

「大丈夫?」友人が心配そうに近づいてくる。

「うん、悪い。なんでもない」竿を拾いつつ、とっさに今起きたことをごまかした。

いつのまにか周りを薄闇が包んでいる。もう帰ろうと僕が提案し、友人も頷《うなず》いた。

ただ彼は、なぜか先ほどから、いぶかしそうに後ろの藪をにらみつけている。

「……さっき、そこに、鹿みたいなのがいなかった？」

鹿？　なにを言っているのかわからず、僕はただ怪訝《けげん》な顔を向けるだけ。

見間違いだと思うけど、気味悪い鹿に見えたんだよなあ、と友人は笑った。

「それ、体は鹿なんだけど、頭が人間の女なんだ。その女の顔が、林の中からお前のこと、じいっと見つめていたような気がしたんだよ」

それは友人が近づいたとたん、さっと林の奥へ逃げていったのだという。

月曜日 [MON] 旧7月11日

AUGUST 8月

10

ぶく

評

腹を上にした金魚が空に昇る

月齢 10.0

「カワイイ！」「かわいすぎ！」「似合ってる〜」「明日からずっとそれで！」「かわいい」「きれい！」「かわいい！」「突然申し訳ありません。その部屋になにかひどいものがあるはずなのでお探しください。早急に発見して排除しないと命に関わるひどいものです。ぶしつけながら忠告させていただきます」

ちょっと新しい髪型を試したので、自撮り画像をアップしてみた。服のコーディネートも見せたいから、バスルームの鏡ごしに撮っておく。少し写真をいじって投稿。

そしたら十分後、いきなり変なコメントがつけられた。

今までぜんぜん絡んだことのないアカウントだ。言ってることが意味不明。

こういう時、友達だけの限定公開にしてお

いた方がよかったのかなと思う。まあ無視しておけばいいや……と放置していたら、また数分後。

「何度もすいません。その部屋のどこかにひどいものがあるはずです。一刻も早く探すことをおすすめします」

しつこいなあ。こいつにひいたのか、皆のコメントもぱたりとやんでしまった。こんなの、本当はブロックするに限るんだろう。

でも、相手がいったいなにを言い出してくるのか、ちょっと気になってしまった。

「ひどいものってなんですか？　ここ、ただの洗面所なんですけど」

「どこかにしまってあるはずです。どこか開けられるところを開けてください。急いでください」

返信、速すぎ。こっちが送って数秒でコメントしてきた。元々メモしてあった文章なのかな。こうなるともう、イラつくというより気味が悪い。

本気にした訳じゃないけど、念のためバスルームの中をチェックしてあげた。

いやいや、こんなそっけないユニットバスのどこになにを隠せるっていうのか。棚には戸もついてないし、ゴミ箱だって置いてない。念のため化粧ポーチの中やらバスタブやらをざっと見たけど、もちろん異常なし。

「なにもないです。変なこと言わないでください」

「必ずあります。ひどいものです。ひどいものがどこかにしまってあります」

また異常な速さで返信が。「しまってある」ってなんだよ。全部チェックしたよ。もういいかげん、付き合ってやるのもやめにしないと。

その時ふと、足元のトイレが目に入った。トイレの蓋は、きちんと閉じられている。親のしつけもあって、使用後はいつもこうするようにしている。

まさかね……。

恐る恐る、その蓋に手をかけた。どうしても、ほんの少し指が震えてしまう。

思いきって、そのまま、すうっと蓋を上げてみる。

うん。普通に、水のたまった便器があるだけだ。

バカバカしい、さすがにもういいでしょ、ブロックブロック。スマホに人差し指をかけようとしたら、また新しいコメントが届いていた。

「もう手遅れです、お力になれずすいません」

カタリ
頭の上で乾いた音がした。見上げると、換気扇の口がちょっとだけズレている。

その隙間から、長い長い髪の毛が、だらりと垂れてきた。

AUGUST 8月11日

火曜日 [TUE]

旧7月12日

たいか

呪　拾った歯を返せと言われる

月齢 11.0

和室で横になり、寝るともなくまどろんでいた。

夏の陽射しが、障子を通してやわらかく入り込んでいる。

ふと、半目のぼやけた視界に、なにか小さく白いものが映った。

それは畳の上を、右に左に飛びはねているようだ。

小人みたいだな、と思った。

メガネをかけてヒゲをはやした白い小人が、ひょこひょこ、ひょこひょこ。

こちらに近づいてくる。

その顔も動きも、なんだかかわいらしくて、思わず口元がほころんでしまう。

ひょこひょこ、ひょこひょこ。

ヒゲメガネの小人が、一生懸命に歩いてくる。

ひょこひょこ、ひょこひょこ。
もう、顔のすぐ横まで来てしまった。

カタリ。
背後で、障子の開く音がした。
寝ころんだまま振り向くと、祖母が立っていた。
そこですっかり目が覚めた。
祖母が、これまで見たこともない険しい顔で、自分を見下ろしていたからだ。
いや、その目線の先は、自分よりほんの少しだけずれている。
体を起こしてみると、すぐ脇の畳に、紙が一枚落ちていた。
ヒトガタに切られた、小さな和紙だ。
頭の部分に、なにかの文字が一つだけ書かれている。
漢字のようだけど読み取れない。
ちゃんと見ようと身をかがめたとたん、祖母に後ろから肩をつかまれた。
こちらに向かって無言で首を横に振り、祖母はヒトガタの和紙を拾いあげた。
それをくしゃくしゃに握りつぶしたかと思うと、そのまま和室を出ていってしまった。

その日の夕方、庭で焚き火をしている祖母を見かけた。
おそらく例の紙を燃やしていたのだろう。

翌々日には、お盆休みが終わり、自分の家に帰ることとなる。
祖母に別れを告げ、父親の車に乗りこむ、その直前。
あれはなんだったのかと訊いてみたが、祖母は多くを語らなかった。
ただ、自分がヒゲとメガネに見間違えた、あの文字についてだけ教えてくれた。
咒、と書いてあったそうだ。
「呪う、の古い字だよ」
空中に指を走らせつつ、祖母はぼそりと呟いた。

AUGUST 8月

12

水曜日 [WED]
旧 7月13日

啼

スリッパに噛みつかれる

ごむ

月齢 12.0

このノートは、旅の思い出や、駅を訪れた感想を記すものだと承知しています。でも、これから変なことを書かせてもらいます。

私は現在、バイクで北海道をツーリング中です。昨日はずっと向こうの湿原で月見を楽しみました。その後、どこか夜風をしのげる場所はないかと探した末、この無人駅を見つけたのです。一晩、待合室に宿泊させてもらいました。

机に置いてあったこのノートも読みました。バイカーの私は知りませんでしたが、鉄道マニアにとって、この駅は憧れの場所なんですね。とっくに廃線になっているのに、ここまで来るのは一苦労でしょう。私のように、夏場に車かバイクを用意しないと、訪れるのは無理かと思います。

夜が明け、朝日が昇った今、この文章を記しております。明るくなって初めて、駅の周りが見渡せました。元々は小さな炭鉱の町だったのでしょうか。崩れた廃墟がいくつか残っているだけで、人はまったく住んでいませんよね。あと10㎞は行かないと、集落もなにもないですよね。

変な確認をしてすいません。こんなことを書くのも、私のようになにも知らない人が訪れた時のためです。これを読んだ人が状況を知っておくべきだと思うからです。

昨夜の出来事について書かせてください。

深夜にここに辿り着いた私は一人、待合室のベンチの上で、寝袋にくるまっていました。何時ごろだったか、奇妙な音に眠りを破られました。

駅舎の外から、なんだか人の騒ぐ声が聞こえてくるのです。

それも大勢の人々が、ざわざわと話し合っているような声です。

近所の人たちが、早くから農作業でもしているのかな。その時は周りの環境も知らなかったし、寝ぼけていたこともあり、ぼんやりそう思っていました。

しかし話し声はいっこうにやみません。言葉はいっさい聞き取れませんでしたが、なんだか緊張したトーンなのは伝わってきます。

耳につく声だったので、だんだん頭もさえてきました。

もしかしたら、私のことを駅舎に忍びこんだ不審者だと警戒しているのかもしれない。そう思い至った私は、寝袋のジッパーを下げ、外を確認しようと立ち上がりました。地元の人がいるなら、一言挨拶しておいた方がいいですからね。

しかし、待合室の引き戸に手をかけたところで、また別の音が聞こえたのです。地の底から響くような、重く低く、凄まじく大きな音でした。

びっくりしました。最初は、なにか巨大な重機が動き出したのかと思いました。でもすぐに、それがただの機械音ではないと気づきました。

音の中に感情があったからです。

危険から逃げようとするような必死さ、恐怖、そして哀しみが入り混じったような。上手く説明できませんが、とにかくそう感じたのです。

これは悲鳴だ。人ではないなにかの悲鳴なのだ、と。

訳もわからず混乱して立ちつくしているうち、突然、ぷつりと音が消えました。まるで録音テープが切れたように、元の静けさが戻ってきたのです。

少し迷いましたが、引き戸を開け、駅の外に出てみました。満月の夜だったので、ある程度は周囲を見通せます。しかしどこにも、人影一つありませんでした。

あれだけの人数が、数秒でいなくなるなどありえない。慌てて視線をあたりにさまよわせるうち、空中に浮かぶ白い物体が目に入りました。

じっと瞳をこらすと、月明かりに照らされたそれの正体がわかりました。

牛の首です。

頭だけになった白い牛が、駅舎の屋根あたりの高さで、ふらふら揺らめいていたのです。

待合室に逃げこんだ私は、明るくなるまで壁際で震えていました。

かなり文字が震えてます。読みづらくてすいません。もう急いで終わらせます。この文章を書いている途中から、またあの牛の悲鳴が聞こえてきたような気がします。きっと気のせいです。思い出したせいで聞こえる気がするだけですが。でも昨夜のあれは幻とは思えません。ノートを読むかぎり、ここに人が来たとしても昼間なら大丈夫だと思います。でももし夜ここに泊まろうとする人がいるならやめた方がよいです。私はもう出ます。

木曜日 [THU]

旧 7月14日

AUGUST 8月 13

ちゅう

影 墓に供えた物が玄関先に

月齢 13.0

両親は、私が小さい頃に離婚している。私を引き取った母は、私が成人するまでがむしゃらに働いてくれた。

そのおかげで私は無事に就職し、婚約者とも結ばれることとなった。

彼との結婚直前、女手ひとつで育ててくれた母と二人きりのホームパーティーを催した。

「そういえば、お母さんたちが別れる前、ずっと不思議なことが続いてたんだよ」

昔ばなしに花が咲くうち、当時の記憶がよみがえってきた。

あの頃はいつも、親が言い争う声で起こされたものだ。

大人になった今ならわかる。いちおう父も母も、私の目の前ではなく、寝た後でケンカするよう気遣ってはいたのだろう。でも毎晩、目が覚めるほどの怒号を二人してあげていたのだから、はっきりいって意味のない気遣いだった。

そんな時、私はいつも、じっと暗い天井を見つめていた。そうしていると必ず、うっすら浮かぶ木目の模様に、黒いモヤのようなものが重なってくるのだ。

それは次第に、はっきりした影になっていく。天井にぴったりはりつく、小さな人の影。

私と同じ背丈、同じおかっぱ頭の女の子だ。

自分の影が映っているんだな、と思っていた。もちろん真下に光源でもない限り、そんな現象はありえない。まあ、子どもの勘違いだから仕方ないだろう。

隣室の怒鳴り声と、天井にはりつく人影。

私は毎夜、それを聞き、それを見つめていた。

そんなある時。

例によって両親の罵声《ばせい》で目が覚めた。それに加えて、鈍く重い音、ガラスが割れる音も重なる。今夜は物まで投げあっているようだ。

私はただ息を殺し、じっと天井を見つめる。そのうちに少女の影が見えてくる。

ただ今夜だけ、形がいつもと違っていた。

両脚が、体からちぎれているのだ。細長い二本のシルエットが、胴体の下でゆらゆらと揺れている。

——違う、私の影じゃない。

幼いながらにそう気づいた。すると影が、ゆっくり天井からこちらに降りてくるではないか。そのまま黒い少女の顔が、私の耳元に近づいてきて……。

そこで気を失ってしまった。

父と母が別れたのは、それからすぐのことだった。


私の思い出話を聞いた母は、ワインを注ぎながら眉《まゆ》をひそめた。

「それ……チヨちゃんが来たんだね」

とても昔のことだ。母の叔母にあたるチヨという人が、六歳の時に亡くなった。

列車にはねられての事故だった。両脚が切断された、むごたらしい遺体だったという。

それからというもの、近親者の多くが、たびたびチヨらしき人影を見かけているのだ。

死んだ時のままの、両脚がない幼女の姿を。

そして彼女が目撃された後はきまって、家族の誰かが死別や離別を経験するのだという。

母方の親戚にとって、チヨは不幸の前兆を報《しら》せてくれる存在なのだ。

「あんたの親が離婚するよって、心配して教えに来たのかねえ……」

母はため息をつき、ワイングラスを口に運んだ。

……そうなのかな。いや、そうじゃないだろう。

あの人影が本当に「チヨ」だったとしても、それはけっして私を心配していたのではない。

天井から降りてきた影は、私に向かってこう呟いていた。

死ね、もう死ね、死ね、死ね、死ね……、と。

金曜日 [FRI] 旧 7月15日

AUGUST 8月

14

ろうしゃく

骨

ビニール袋が鼠を食べていた

月齢 14.0

私の父は、半年前に亡くなりました。

実はその時、お世話になった葬儀屋さんから、こんな注意を受けたのです。

「ご遺骨は良きタイミングでお墓に納骨してくださいね。ずっと家に置いておかない方がいいですよ」

いったいどういうことでしょう。「あまり他で言わないでほしいのですが」と前置きされ、彼の体験談を語ってくれました。うちの隣に住んでいたNさん一家にまつわる話です。

「Nさんたちが亡くなられたのは、もちろんご存じですよね」

確か三年前、隣のお婆さんが亡くなりました。その葬儀を担当したのも、彼だったそうです。

ところが家のご主人、つまりお婆さんの息

子は、火葬後の骨壺《こつつぼ》を、いつまでもお墓に入れなかったそうです。よほど母親への愛情が強かったのか、ずっと手元から離さなかった。

N家の奥さんから相談を受け、葬儀屋さんはそのことを知りました。

「奥さんとしては、義母の骨を置いておくのは構わないと言ってました。嫁姑の仲も良かったし、納骨はいつでもいいのだけど、一つ、どうしても気になることがある、と」

——夜になると、骨が鳴るんですよ。カタカタカタカタ……。壺の中で骨のかけらがこすれ合うような音がして。袋の中で、骨壺が震えているんです……。

「旦那さんが亡くなったのは、その話を聞いた一か月後でしたね」

それは私も覚えています。N家のご主人は交通事故で死んでしまいました。車の行きかう路上に、ふらふらと飛び出していったそうです。母親を失ったことによる疲れか、覚悟の自殺なのか、どうなんだろうねえ、と近所の人は噂していました。

そして奥さんもまた、旦那さんの骨をお墓に入れなかったそうです。

いいえ、する暇がなかった、という方が正確でしょうか。

それから間をおかず、小さな息子さんが亡くなったからです。突然の病によるものでした。

「二度目、三度目の葬儀ともに、私が担当しました」

奥さんは放心しながらも、事務的な手続きはテキパキこなしていました。ただ、お子さんの葬儀が終わり、最後に挨拶に来られた時、おかしなことを言っていたそうです。

――あの子の骨も、義母や主人と同じようにカタカタ鳴るでしょう。だからまだ淋《さび》しさもまぎれます……。

こうして三つの骨壺に囲まれた奥さんは、すぐに首を吊ってしまいました。

「遠い親戚が葬儀をあげに来ましたが、それきりです。権利関係のせいか、家も土地もまだ手つかずの状態です。それについては、お隣に住むそちらがよくご存じでしょうけど」

そう、私の隣の家は、空き家となったままです。

でもそこに、今でも四つの骨壺が置かれたままになっているとは知りませんでした。


ああ、それで――葬儀屋さんの話を聞いて、私は腑《ふ》に落ちました。

いつも深夜に窓の外から聞こえる音。かすかだけど耳につく、硬いものがこすれ合うような音。隣の家から聞こえる音の理由が、ようやくわかりました。

Nさん一家は、皆そろって骨となった今、夜ごと楽しく語り明かしているのでしょう。

カタカタカタカタ……。

父が亡くなってから、半年が経ちます。

いったい父の骨は、あとどれだけ待てば、語りかけるように震えてくれるのでしょうか。

8月

15

AUGUST

土曜日

[SAT]

旧 7月16日

めつもん

映

戦前の番号から着信あり

月齢 15.0

あれは僕が高校二年生だった三月。部活の先輩たちの卒業お別れ会に出た時のことです。

送別会は二年生のくだらない余興、手紙交換といった演《だ》し物を経て、最後にお別れビデオの上映となりました。

すると映像が流れてすぐ、ワイワイ騒いでいた三年生たちが急に静かになったのです。

映されているのは、彼らが入学直後からの色々な学校生活や行事を楽しんでいるシーン。声や環境音はなく、卒業ソングのBGMだけが重なっているという、まったく穏当な映像です。

ただ、事情を知らない僕ですら「あれ?」と違和感を覚えました。

まず第一に、お別れビデオを作ったのは、二年生のヒノでした。つまり先輩たちが一年生の時のシーンが撮れるはずありません。

第二に、絵の質感がやけにソフトで、動きもなんだかカクカクしていたのです。その理由は、ビデオカメラではなく8㎜フィルムで撮影されたものだからでした。

三年生たちは、この撮影者が誰かすぐわかりました。

半年前、難病で亡くなった「カジ」という同級生です。

彼は入学時から毎日のようにフィルムカメラを学校に持ってきて、ことあるごとに同級生たちを撮り続けていたそうです。

当時すでに8㎜フィルムは絶滅状態でした。買えるのは新宿ヨドバシカメラだけ、現像できるのも東京都の一、二か所のみ。もちろんお金だって相当かかりますが、親の理解もあったのでしょう。8㎜といえばカジさんの代名詞でした。

カジさんが夏休みの終わりに亡くなったとは、僕も聞いていました。どうやらその後、中学の後輩だったヒノが編集済みのフィルムを託され、送別会に向けてデジタルスキャンして作成したビデオだったようです。

映像の途中から、先輩たちが鼻をすする音が聞こえだしました。

シーンが切り替わり、退職した先生、遠くに引っ越してしまったコーチなど、お世話になった人たちが映ります。

彼らは皆、色々な言葉を書いた大きなスケッチブックを掲げ、カメラ目線で微笑《ほほえ》んでいます。８㎜は音が収録できないので、文字によってメッセージを伝えているのです。

体調の悪い中、カジさんがコツコツ撮りためていた映像でした。

そして、ラストシーンです。

死を目前に、ガリガリにやせ細ったカジさんが映りました。背景は、彼のクラスである三年四組の教室。カジさんは最後に、「卒業おめでとう」のスケッチブックを持った自分自身にカメラを向け、一緒に卒業できなかった友人たちに、遺言を伝えたのです。

ビデオは終わり、部屋も明るくなりました。

無理もありませんが、先輩たちはあまりの驚きと感動で涙ぐみ、声すら発せない様子でした。哀しくも温かな空気が、室内に満ちています。

ただ僕だけは、その空気にひたることが出来ませんでした。

後日、僕はヒノに頼んで、もう一度ビデオを見せてもらいました。

カジさんがスケッチブックを掲げるラストシーンを確認するためです。

考えてみれば、あんなミイラのようになった患者を、病院が外出させるでしょうか。学校に来たとして、誰にも見つからないことなどありえるでしょうか。

ヒノによれば、カジさんは夏頃にはベッドを出られなくなっていたそうです。まあ、それは病院と学校が特別な計らいをしたとすれば説明がつくかもしれません。

ただわからないのは……窓の外に見える中庭の景色です。そこの木々は全て葉が落ちているのです。明らかに冬枯れの木なのです。

亡くなる直前の夏に撮られたのなら、中庭は鬱蒼《うつそう》とした小さな森のようになっているはず。一年前の冬というのもありえない。その頃は病気が発覚していたものの、カジさん自身が映像のような見た目ではありませんでした。

どういうことかとヒノを問い詰めましたが「二月頃にカジさんの親から受け取ったフィルムを、そのまま業者にスキャンさせた。俺はただBGMを入れただけ」とのこと。撮影については、いっさい知らないのです。

カジさんがあのラストシーンを撮影したのは、いったいいつなのか？

もしかして彼が死んだ後の冬ではないのか？

そしてあの三年四組の教室は、本当にこの世界の教室なのか？

……色々な疑問が浮かびました。もちろん、カジさんの両親に、そんなことを訊ねる訳にはいかないのですが。

日曜日
[SUN]
旧 7月17日

AUGUST 8月

16

じゅうし

跡 布団に人型のカビが寝ている

月齢 16.0

「小人が見える人」ってのは、それほど珍しくないと思う。「小さいおじさんをよく見ちゃうんです」って言ってくる女の子、俺はもう何人も会っているし。

でも、うちの映画サークルにいたユキって子だけは、ちょっとタイプが違ってたな。

彼女は本気で「小人を怖がってる人」だったんだ。

――小学生の時から私、ずっと小人に襲われ続けてるんです。

新歓コンパの自己紹介で、ユキは皆にそう告げた。変な奴が入ってきたぞと面白がって、俺たちも具体的なエピソードを聞き出していった。

「小人たちは大勢いて、たいてい時計の裏に隠れている」「子どもの頃、寝てる間によく小人たちに腕を噛みつかれていた」「自分が大きくなってきて、ようやく小人の攻撃もおさまってきた」

……こうしてみるとファンタジーだけど、彼女が本気で怖がってるのは口ぶりから伝わってきた。最後には「もう、このことは話しません」って宣言されたし。

「頭がおかしいと思われるから、本当は他人に言わないようにしてます。自己紹介だから話したけど、今日だけです」

ああ、そこらへんはちゃんと自覚してる子なんだなって思った。実際、普段の彼女はかなりマトモだったよ。

様子がおかしくなったのは、同じサークルの男子と付き合いはじめてからだった。

その彼氏によれば、恋愛関係になってからというもの、ユキがことあるごとに「小人が小人が」と騒ぎ立てるようになったのだとか。

例えば、彼が女友だちを紹介しようとしたら、「ぎゃあ!」と叫んでその場にうずくまる。女友だちの右肩に、小人が乗ってるっていうんだ。それがニヤニヤしながら髪を引っ張ってる。「だから、もうあの子と関わらないで!」とゴネだす始末。

ある時は、「たいへんなことが起きてるから、すぐアパートに来て!」と電話がかかってきた。バイトを早退して彼氏が駆けつけると、部屋の中が水浸しになっている。床から玄関まで、もうびしょびしょ。

ユキによれば、自分が帰ってみたらこの有様だったという。流しも風呂も水が出しっぱなしで、排水口に「小人」が詰まっていた。やつらはこういう攻撃をしてくるんだ、と。

「まな板に小人の足跡が付いてる」って騒いだこともあったな。彼氏から画像も見せてもらった。確かに、木のまな板の上に、小さな足跡みたいな汚れがついてたよ。その頃のユキは「最近、小人が部屋を自由に歩き回るようになった」とすっかり怯えていたらしい。

でもそれ、わざと自分の握りこぶしと指で、ぽんぽんとつけた跡なんじゃないの？　女友だちのは嫉妬からの言いがかりだし、水だって彼氏の気をひくための自作自演じゃないの？

つまり全部、ユキの嘘なんだろう。サークルの皆は、そう考えていた。本人たちに直接は言えなかったけど、どんどんやつれていく彼氏を見て、心配していたものだった。

案の定、二人はすぐに別れたよ。

そこからユキは、完全に精神を病んでしまった。いったん大学を休んで、実家に帰ることになった。というか、心配した両親に、身一つで無理やり連れ戻されたらしい。

「彼女の荷物をまとめて送ってあげたいから、手伝ってくれませんか」

そのすぐ後のことだ。元彼氏からの依頼で、俺とサークル仲間数人は、ユキがいなくなった後の部屋にお邪魔した。

うちらが荷物を整理していると、元彼氏は「これですよ」と、例の足跡がついたまな板を見せてきた。

「この足跡。洗っても落ちないんですよ。ユキが怖がるから、業者に出して削ってもらったりもしたんです。戻ってきたばかりの板を、僕も確認しました」

でもやっぱり足跡はついたままだった、というんだ。

「部屋が水浸しになった時もです。僕がタオルで拭いていると、同じような濡れた足跡が、壁のあちこちについていて……」

どんどん続く告白に、皆の作業の手が止まった。不穏な空気を察したのか、元彼氏は苦笑いしながら「いや、僕だって小人なんて知りませんよ。見たのはどれも足跡だけですから」と言い訳してくる。

「ただちょっと……。皆にも見てほしいんです」

そう言われた俺たちは、窓ガラスや鏡、ステンレスの流し台などを確認していった。

確かに部屋のあちこちに、似たような汚れが幾つも幾つも残っていた。

それらは全て、小さな足の裏の形をしていた。

AUGUST 8月

17

月曜日 [MON]

旧7月18日

おうもう

訪

もう盆踊りの輪から出られない

月齢 17.0

うちのアパートの大家さん、ちょっとだけ変わってます。

しつこいんですよね、家賃の催促が。

いえいえ、すごく感じのいいお婆さんではあるんですよ。アパートと同じ敷地の一軒家に、四十代の息子さんと二人で暮らしていて。

「上京したてで大変でしょう」と私にインスタント食品をくれたこともあります。

「若い女の子が住むようになったから危ない」とアパート入り口に自動センサーの照明をとりつけてもくれました。

家賃だっていつも二か月くらいなら待ってくれてたんですよ、生きている時は。

一年前、大学から戻ると玄関に貼り紙がしてありました。

「先日、大家の○○が亡くなったので、息子の××が引き継ぎます」

ついてはゴミ出しの仕組みを変えるのでうんぬんかんぬん……。色々細かく書いてましたが、とりあえず、元気そうだった大家さんが亡くなったのはショックでした。

本当に突然死だったそうです。スーパーで買い物して帰宅後、そのレジ袋二つを握ったまま玄関に倒れていたらしく。

で、そこからなんですよ。

一日でも家賃を滞納したら、玄関がノックされるようになったのは。

それも毎晩、深夜零時過ぎ。コツ、コツ、コツとぴったり三回。

最初は虫がぶつかっているのかと思ったけど、そうじゃない。いつも決まった時間に決まった回数叩かれるし、音に重たさがある。

決定的なのは、家賃を払ったら、しばらく音がやむところです。

しかも翌月の支払日を過ぎるとまた、深夜零時のコツ、コツ、コツが始まる。

これはもう、亡くなった大家さんの催促で間違いないぞ、と。

はい、「息子さんが注意しに来てるんじゃないか」って可能性ですよね。

私の友達も皆、そうじゃないかと言ってます。でもね、違いますよ。

古いアパートなので、私の二階の部屋に来るには、階段を上る音、通路を歩く音がするはずです。でも聞き耳をたてていても、そんな音はいっさいしない。いきなり玄関の扉がノックされるんです。

一度、その時間帯を狙って、ドアにぴったり耳をつけてみたこともあります。数分待っていたら、コツ、コツ、コツときたので、二回目のノックで思いきりドアを開けてやりました。外には、誰もいませんでした。

通路を見回しても無人。階段下の照明の自動センサーも、いっさい反応せず暗いまま。生きてる人間が来てるなら、ありえないでしょう？

人って、死んじゃうと遠慮がなくなるんですかね。それとも大家としての責任？　執念？　みたいなものだけが、このアパートに残っているのか。

もうね、困っちゃうんですよ。最近はですね、その「取り立て」がもっと激しくなってきたみたいで。「みたいで」、というのは私自身は聞いてないから。

こないだの夜、女友達とLINE通話してるうちに寝ちゃったんですよね。三十分くらいして起きたんですが、スマホを見ると、通話がそのままになっている。

ごめんごめんと友達に声をかけたら、「大丈夫なの？」と心配してくる。

なにがよ、と訊ねたら、こんな説明をされました。

三十分前、私が返答しなくなったので、友達は「ああ寝たな」と思ったそうです。そしたらいきなり電話口の向こうから、すごい騒音が響いてきた。

「ドン！　バン！」となにかが倒れる音、「パチン、パチン」と手を鳴らし続ける音。明らかに室内で、誰かが乱暴に騒いでいる。

私が変になったかと心配して、友達は電話を切らず、声をかけたり聞き耳をたて続けてくれていたそうです。もしくは強盗か、知り合いの男が部屋に押し入ったんじゃないか……と。

そうですね……大家の息子が合鍵使って入ってきたんだとしたら、ものすごく怖いです。

それなら即引っ越しです。

でも死んだお婆さんが来る分には、それほど実害もないし、別にいいかなあ。

あ、もう一つ、部屋に来るのがお婆さんだと思う理由があります。

あの人が死んだ直後から、階段下に彼岸花《ひがんばな》が咲くようになったんです。だからです。

これからも、家賃はちゃんと払える時に払いますよ。

火曜日 [TUE]

旧 7月19日

AUGUST

8月 18

ちいみ

掟

自分が固まっている氷を削る

月齢 18.0

僕の家には、奇妙なルールがある。

毎年、八月後半のある一夜だけ、父母と僕と妹の一家全員が居間に集まり、夜を徹して起きているというものだ。

いちおう昔からの宗教行事らしく、旧暦の七月十九日にあたる日と決まっているため、スケジュールは毎年少しずれている。といっても、お祈りなどの特別な儀式がある訳ではない。

ただ一つ気をつけるのが、大きな音を出さないようにすること。テレビもラジオも消し、おしゃべりもヒソヒソ声ならいいが、なるべく禁止。そうやって翌朝、つまり旧暦七月二十日の朝日が昇るまでを過ごす。

うちは両親とも放任主義だったが、この行事を守ることだけは厳しかった。父の家の伝統で、「ハッカサン」という神様をお迎えするためだという。たぶん「二十日《はつか》さん」というのが名前の由来だろう。もっともそれは父の推測というだけで、誰も詳しいことは知らない。

小さい頃の僕は、それが日本人の当たり前の風習、大晦日《おおみそか》みたいなものだと思っていた。そもそも子どもなのに徹夜できることが嬉しいし、夜の間中お菓子が食べ放題だったのもよかった。あとは黙って漫画でも読んでいればいい。

でも当然ながら、大きくなるにつれて我が家の特殊さにどんどん気づいていく。

僕たちが住んでいるのは田舎でもなんでもない、都心のマンションだ。そんなところでこんなことをしている家族なんて他にいない。小学校、中学校と進んで一般常識を知るにつれ、(なんだかうちだけ変わってて恥ずかしい)という気持ちが膨らんできた。

高校二年生の時、一度だけルールを破ろうとした。

八月末の行事当日、たまたま友達から夜遊びの誘いがあった。クラスの男女数人でカラオケにいるから来いという。メンバーの中には、その時気になっていた女子も含まれていた。

高校生なんだから、別に一回くらい親に逆らってもいいだろ。

そんな軽い気持ちから、家を抜け出ることを決めた。午後十時前、居間ではそろそろ家族が集まり、徹夜のための食事が並べられる頃合いだ。

逃げるなら今しかない。こっそり玄関から出ていこう。皆が居間でくつろぎだしたのを確認すると、トイレに行くふりをして、ひとまず自室に荷物を取りに入っていく。家族にバレないよう照明もつけず、薄暗い中で財布やバッグを探していた時。

ふと、窓の外が気になった。いつも眺めている風景に、なにか異質なものが紛れ込んでいる。ベランダの方に目を凝らすと、それが見えた。

人の体だ。

がりがりにやせた男の上半身が、柵の外側に立っている。

ひょろりと細い首、あばら骨が浮き出た胸。顎《あご》から先の頭部は、上階に隠れている。

それらは縦に長く伸びすぎていて、明らかに体としての縮尺がおかしい。

しかもここは四階だ。地面に立っているとしたら、どれだけの長身なのか。

とっさに出かかった悲鳴を押し殺し、部屋から逃げ出した。

そのまま居間にかけこんで、家族の前で、ただガクガクと震えた。

意外にも、父はまったく怒らなかった。

「今日だけは、うちの家族が外に出たら、ハッカサンに見つかっちゃうから。おとなしく家にいてくれよ」

そう、優しく諭すだけだった。

実はね、と父が言った。自分も同じくらいの歳に、やはり一度、行事をすっぽかそうと試みた経験があるのだという。おじいちゃんの家の二階、自室の窓から外に抜け出そうとしたのだ、と。

父はその時、僕と同じようなものを見ていた。

「二階の窓だったから、膝下までしか見えなかったけどな」

だからもう僕は、毎年その夜だけは、けっして予定を入れないようにしている。

AUGUST

8月19日

じゅし

水曜日
[WED]

旧7月20日

手

床下から呼ばれても返事するな

月齢 19.0

従姉《いとこ》のシイちゃんについて語ることは、親戚一同のタブーになっている。僕の両親ふくめ一族の誰も、彼女のことにはいっさい触れようとしない。

だからシイちゃんがどのように失踪したのか、僕はこれまで、なにも知らなかった。

ただ最近、仕事関係で意外な人と知り合う機会があった。

その人の先輩が、当時シイちゃんとつき合っていた恋人だったというのだ。間接的な情報ではあるが、僕が教えてもらった顚末《てんまつ》は、以下の通り。

今から二十年前の、八月十九日の夜。

シイちゃんはその時、例の彼氏とドライブデートをしていた。大阪と兵庫にまたがる峠道を走っていた二人は、途中、もの寂しい旧道のトンネルを発見する。

「なんか、めっちゃ雰囲気あるなあ」車を降りた二人は、じろじろと中をうかがってみた。

「うわ、気持ち悪い」シイちゃんが声をあげる。

入り口付近の壁に、無数の手のひらの跡が、びっしりと広がっていたのだ。

このトンネルは現在も残されている。しかし話をしてくれた人によれば、そのような手形など見当たらないそうだ。二十年前のある時期だけ、イタズラでつけられた汚れだったのだろうか。

ともあれ、そんな不気味な光景を見た彼氏に、ちょっとしたイタズラ心が芽生えた。

「なあ、あの手のどれかに、自分の手を合わせてみようや」

そう笑いながら、手形の一つをバンと叩いた。

「ほら、お前もやってみい」と促されたシイちゃんも、怯えながら手のひらを合わせてみる。

すると、その手形と彼女の手が、寸分違《たが》わずぴったり重なったのである。

「なんや、すごい偶然やな」驚く彼氏。

するとシイちゃんは、今にも泣きだしそうな顔をこちらに向けた。

「なあ、離れへんねんけど」

「なに？」

「手が離れへんねんけど……」

震える声で呟いたまま、微動だにしない。ふざけているだけと思った彼氏は「なに言うてんのや」と笑いつつ、外の草むらでタバコをすいだした。

しかし一服してからトンネルをうかがうと、そこにいたはずの彼女の姿がない。驚いてさんざんトンネル内を捜し回ったが、人影一つ見つけることが出来なかった。

シイちゃんは、忽然《こつぜん》と消えてしまったのである。

家族はすぐに捜索願を出した。トンネルどころか辺りの山中一帯まで、捜索隊がくまなく捜しまわった。何日も、何か月も。だが、シイちゃんの発見には至らなかった。

もちろん彼氏もさんざん取り調べられたが、失踪についての関与は立証できなかった。とにかく、以上の証言を、警察に対して語っただけなのだ。

それが、二十年前に起きた出来事だという。


そしてまた、十九年前のあの日についても話さなくてはいけない。

これについては僕も、両親から大まかな事情を伝えられている。

シイちゃんがいなくなってから、ちょうど一年目にあたる八月十九日。彼女の両親である叔母夫婦が、例のトンネルを訪れた。娘のために、せめて花でも手向《たむ》けようとしたのだ。しかしトンネルに着いたとたん、叔母夫婦は悲鳴を上げてしまった。

そこに、シイちゃんが立っていたからだ。ぼろぼろに汚れた失踪当時の服で、髪も爪も伸びきったシイちゃんが、トンネルの壁に手をついていたのだ。

「なあ、手が離れへんねんけど……」

驚愕《きょうがく》する父母に向かって、彼女はそう呟いた。

すぐ家に連れ戻されたシイちゃんだが、その性格や言動が元通りになることはなかった。警察や医者がいくら尋ねても、ぼんやりした顔で、同じ言葉を繰り返すばかりだったのだ。

――トンネルにいたんよ。誰もいないトンネルの中で、ずっと立ってたんよ――

それから十九年経った今も、シイちゃんは実家の部屋で寝たきりになっている。

木曜日
[THU]
旧 7月21日

AUGUST

8月

20

きいみ

月齢 20.0

白

自分の一周忌の報せが届く

あの夏の日、シロンボを捕まえようと言いだしたのは誰だったろうか。

A・B・C・D四人の仲良しグループで話し合っているうちに出たアイデアだと思う。

シロンボとは、この頃、僕らの田舎町に出没していた、まっ白く大きな猿の呼び名だ。電線をつたって歩いていく姿を、何人もの人が目撃しているそうだ。やけに珍しい見た目の猿がいるらしいと、大人も子どもも話題にしていた。

ただ目撃者の全員が、かなり遠くを行く後ろ姿しか見ていないので、シロンボの正確な大きさや顔はわからないという。よほど警戒心が強いのか、ただの噂話だからディテールが練れていないのか。

まあ、シロンボが本当にいるかどうか、四

人にはどうでもよかった。捕まえるといっても誰一人として本気ではない。ケータイでそれらしき写真さえ撮れればいいと思っていた。軽い気持ちで、四人は町の外へと出ていった。国道から山の方に入るとすぐ、見渡す限り田んぼだらけの風景になる。田植えはもう終わった時期なので、作業する人の影がまばらに見えるだけだった。

「この辺で、兄ちゃんの友達がシロンボを見たんだって」

学校が違うらしいからよく知らないけど、とA君が言った。それだけの情報ではなんのアテにもならず、四人は適当に、ずっと遠くの送電塔を目標に歩いていった。

あっ、とB君が叫んだ。皆で見上げると、はるか向こうの電線の上を、小さな白い影が移動しているではないか。

C君がケータイを構えた。しかし他の皆はとっさにシロンボの方へ走り出していた。

ひょこ、ひょこ、ひょこ。シロンボは器用に電線をつたっていく。

かろうじて四つんばいとわかるほどの白い点を追いかける。そのうちに田んぼも途切れ、辺りは山ばかりとなっていった。

するとシロンボは、電線が林道の脇でカーブするところで、ひょいと飛び降りた。そのまま木々の繁る山へと入っていく。

「あそこ行ったぞ!」四人とも、夢中で林道に入っていった。

まだ陽は落ちていないが、山中はやけに薄暗く、まるで夕暮れ時のようだった。鬱蒼とした林の陰に、白いものが佇んでいるのがチラリと目に入る。

声を押し殺して近づいていく。するとその分、シロンボもゆっくり四つんばいで歩を進め、またぴたりと立ち止まる。

静かな追跡が繰り返されるうち、四人は小さな洞窟《どうくつ》へと誘い込まれていった。

この場所なら、彼らも知っている。昔は小さな祠が置かれていた洞窟だ。土砂崩れが起きてからは入り口も狭くなり、立入禁止の黄色いテープが張られるようになった。でも子どもなら、頭をかがめればなんとか侵入できる。シロンボの後ろ姿は、その穴へと消えていった。

ケータイのライトをつけ、四人は穴の中を覗いてみた。内部は崩れ落ちているから、洞窟といってもすぐ行き止まりとなっている。そして確かにシロンボは、ケータイの明かりが届くところにしゃがんでいた。

先頭のD君が悲鳴をあげた。四人とも大慌てで走り去っていった。

遠ざかる声は、口々に僕の名前を叫んでいた。

夏の初めに川で溺《おぼ》れ、まっ白い体で発見された、僕の名を。

それからというもの、「シロンボ」という呼び名の代わりに、僕の名前が、子どもたちの間でささやかれるようになったのだ。

金曜日
[FRI]
旧 7月22日

AUGUST 8月 21

くゑ

熊

顔にまちへ
るれま盗を

月齢 21.0

アパートの階段から、彼女の足音が響いてきた。

今日はいつもより帰ってくるタイミングが早い。しかも急ぎ足で駆け上ってきているようだ。さっき、夕食をつくっておいたとメールしたからだろう。

ガチャリ。玄関ドアの開く音がする。

ただなぜか、物音はそこでぴたっとやんだ。いつまでたっても彼女がリビングに入ってくる気配がない。「おかえり」と声をかけても、なんの返事もなし。

夕飯が冷めるぞ……とイライラしつつ、廊下の方を覗いてみた。

玄関の三和土《たたき》に、彼女が背を向けて立っていた。

靴も脱がないまま、少しだけ開いたドアの

隙間から、じっと外をうかがっている。

「なにやってるの」

「いや、なんか、つけられてる気がして」

「え、痴漢？」慌てて訊ねると、予想外の答えが返ってきた。

「熊かもしれない」

熊。この東京の住宅街に、熊。

「よく見えなかったけど。距離あったし。この辺、街灯なくて暗いし」

でも駅前を過ぎた辺りからずっと、巨大な動物が後ろをついてきたのは間違いない。

ちらちら背後に見え隠れした影は、明らかに人ではなく、大型獣のそれだったという。

「……それ、まだ外にいるの？」

バカバカしいと思いつつ、彼女の緊張感にひきずられ、思わず声がうわずってしまう。

「いや……もういないみたい」

注意深く向こうをうかがっていた彼女が、ようやくドアを閉めた。

しかし施錠どころか、いつも外したままのチェーンまでかけている。

「ごめん、ちょっと気持ち悪いからシャワー浴びる」

そう言い残し、バスルームに入ってしまった。

ご飯できてるのに……などと言える空気ではない。仕方なくリビングに戻ろうとすると。

どす、という地響きがとどろいた。

玄関のすぐ外からだ。なにか重いものが落ちた音。

というよりも、巨大な足が地面を踏みしめるような音。

どす、どす……。

同じ地響きが、また二回。リビングへのドアのノブをつかんだまま、体が硬直する。

じっと耳をすましたが、それ以上はなにも聞こえてこない。ただバスルームから、シャワーの流れる水音がするだけ。

おそるおそる玄関に近づき、ドアスコープを覗いてみた。

蛍光灯に照らされた、いつも通りの玄関前と、階段へ続く通路。その少し先に、信じられないほど大きな影がたたずんでいる。それがなんなのか理解するのに、数秒かかった。

相撲取《すもうと》りだ。

まわし一丁の力士が、ドアの向こうにいる。腰を落とし、こちらに顔を向け、片手を床につけている。

声も出せずに見つめるしかない。

そして今、もう片方の手が、ゆっくり下におろされていく。

土曜日
[SAT]
旧 7月23日

AUGUST 8月

22

ぶく

香

入道雲が上から溶けていく

月齢 22.0

俺がバイト先の居酒屋に出勤した時なんだけど。

うちの店は雑居ビルの最上階、七階にあって、いつもエレベーターを使っていくのね。その時も、上から箱が降りてくるのをしばらく待ってたな。で、ようやく来たエレベーターに乗りこんで、七階のボタンを押したら。目の前の階段を、女の人が駆け下りてきたんだ。

いつのまにって驚いた。そこは古いビルだから、いつも階段を上り下りする音がうるさく反響するのよ。でもその時は、全然、足音が聞こえなかったんだよね。

とはいえ、そのままビルを出ると思うから「閉ボタン」に指をかける。でも女の人は、まっすぐ俺の方に走ってくるんだよ。閉じかけたドアの隙間をすり抜けて、エレベーターに乗りこんできた。

ええ、なんだあ？　ちょっと慌てたね。だってエレベーターは上に向かう、そっちは急いで下りてきた。もしかして地下に行きたいのに勘違いしたのかな？

「これ、上りですよ」はっきりそう伝えたんだけど、向こうは俺の声が聞こえてないのか返事もなし。ぴったり扉前に立ったまま、階数表示のランプをじっと見上げているだけ。

二十歳そこそこの若い人で、ふわっとしたフリル袖《そで》のワンピースを着ていた。可愛らしい格好なのに、やけに息が荒くて肩を上下させてて……なんだか切羽詰まってるような背中だった。

七階で大丈夫なのかな……。確認しようとも思ったけど、なんだか声をかけづらい。二人きりの空間で、なるべく後ろに立って息を詰めてた。そのうち、エレベーターが七階に着き、ドアが開く。

その瞬間、女の人は勢いよく外に飛びだした。そして前の階段をものすごい勢いで下りていったんだ。あっという間に、その姿は見えなくなった。

何をしているのか、どこに向かおうとしているのか……でも俺は、とにかく鳥肌がたって仕方なかった。

そこで初めて、女が裸足だったと気づいたからだ。

……ああ、だから足音がしなかったのね、と。

「かなりやばい女いたけど、大丈夫ですか？」

店に着くなり店長に報告したら、予想外の答えが返ってきた。

「ああ、それなあ。皆じゃないけど、見るやつは見るらしいんだ」

なんでも十年以上前、このビルから飛び降り自殺した女がいたらしい。それから時々、うちの店員が、死んだはずの女とエレベーターで出くわすことがある。皆が証言している服も背格好も変な行動も、俺が見たものと一致してるから間違いない、というのだ。

「またまた～」俺は笑い声をあげた。

「変な女がいたって聞いて、とっさに作り話してんじゃないですか？」

その女の人はね、と店長は続けた。七階から飛び降りようと靴を脱いだんだけど、踏ん切りがつかず、何度も何度も階段を下りてはエレベーターで上がり、また下りて上がり……それを繰り返してたんだって。

「私は見たことないけど、皆が目撃してるのは、その時の様子なんだろうねえ」

あの女の、はりつめた背中を思い浮かべた。店長の話は嘘じゃない。俺もそう感じてはいた。でもあんまり怖すぎて、冗談めかすのが精一杯だった。

「ちょっと、からかわないでくださいよ〜」

ところが店長は、それを文字通りに受け取っちゃったんだ。

「じゃ、これからエレベーターに行ってみよう」

仕方なく、店長と一緒に七階の廊下に出た。俺の乗ってきた箱は、まだ停止したままだった。「これだけは、見えない人でも全員わかることだから……」店長はそう言いながら、エレベーターのボタンを押した。すぐに扉が左右に開く。

その瞬間、むわっと強烈な線香の匂いが、俺の鼻に飛び込んできた。

日曜日
[SUN]
⑱
7月24日

AUGUST 8月

23

たいか

後

箪笥を開くと小川が流れていた

月齢 23.0

夏休みの終わり頃、テニス部の練習に出ていた時のことだ。部活の顧問に言いつけられて、体育倉庫まで用具をとりにいった。

僕の中学校では、テニスコートから倉庫へ移動するには、柔道場の裏を左へ折れるのが近道だ。その細い道を通りつつ、角を曲がろうとしたところ。

進行方向の反対、つまり右手の方に人影が見えた。柔道場の脇に、女の人がぼんやり背中を向けて立っている。後ろ姿とはいえ、見覚えのある髪型と背格好、そしていつものスーツ姿だったので、すぐに誰なのかわかった。

美人のトダ先生だ。

教師とすれ違ったら挨拶をするのが、わが校のルール。僕のような運動部の生徒だったら、なおさらだ。

「こんにちは！」

少し離れていても聞こえるよう、元気よく声をかけた。

でも先生は、まったく振り返ろうとしない。というか、僕の声に反応している様子がないのだ。聞こえなかったかと思ってもう一度、大声を出してみる。

「先生、こんにちはあ！」

やはり向こうはじっと立ちつくしたまま。少しムキになった僕は、近づいてみようと一歩だけ踏み出した。けど、そこでなんだか足が止まってしまった。

さすがにちょっと様子がおかしい。トダ先生は運動部の顧問じゃないし、夏休みの学校のこんな裏道にいること自体が変じゃないか。

そしてなにより、相手が泣いていると感じたから。

両手を垂らして、ぴくりとも動かない後ろ姿が、なんでそう見えるのかわからない。

でもとにかく（あ、この人、泣いてる）という直感が走ったのだ。

大人が泣いているのなんて、テレビでしか見たことがない。ましてや自分の学校の教師だ。

とたんに気持ちがひるんだ僕は、体育倉庫の方へと踵を返した。

少し歩いてから振り返ると、先生の姿が消えていた。

数秒でいなくなれるような場所ではない。真夏なのに、体中が寒くなった。

「トダ先生がお亡くなりになりました」

二学期の始業式で、校長先生がそう告げた。

正直なところ、それを聞いた瞬間、「怖い」や「かわいそう」とは思わなかった。やっぱり、そうだったのか……と納得してしまったのだ。

夏休みに入ってすぐに急死したらしいので、あの時見た人がトダ先生のはずはない。だけどいくら考えても、見間違いではないとはっきり断言できる。

先生が死んだ理由は知らされずじまいだった。担任クラスの生徒たちですら、まったく説明されていないそうだ。

ただ、クラスメイトの中に、母親が先生のお葬式に参列したという男子がいた。

彼が聞いた話では、棺の中のトダ先生は「すごく怖い顔」をしていたそうだ。あんなにキレイだったのに、同じ人とは思えないほど歪んでいた、と。

そしてまた、彼の母親はこんなことも呟いていたそうだ。

「かわいそうに、葬儀屋さんでも直せなかったのね。ああいう死にかた選んだら……」

あの時、先生が振り向いてくれなくて、ほんとうによかった。

月曜日 [MON]
旧7月25日

AUGUST 8月

24

ごむ

勘

父が押入で獣を飼いはじめた

月齢 24.0

前の彼氏とはそれなりにうまくいっていた。やけに察しがいいのが取り柄の人だった。こっちの体調が悪いときとか、ぼんやり欲しいと思ってたものとか、なにも言わないうちから先回りして気遣ってくれた。

あまりにそういうことが続くので「なんか、怖いくらい勘がいいよね」とストレートに訊いたこともある。

「うちの家系は、みんな霊感あるからね」

面白くない冗談を言うもんだ。その時はそう思っていた。

「これを俺だと思って、持っていてくれ」

その彼が、二週間の出張に行ってしまう直前。私に変なストラップを手渡してきた。もこもこした球体に笑顔が描いてある、マリモみたいなキャラクター。

「俺がいない間、なるべくこいつと一緒にいてほしい。財布にでもつけておいて」

なかなか気持ち悪いなとは思ったけど、きっぱり断る訳にもいかない。離れ離れになっている間、その恥ずかしいストラップを、律儀にずっと財布につけてあげていた。

そして二週間後。出張帰りの彼を出迎えて、そのまま向こうのマンションに同行した。

ソファーに並んで座っているうちに、どんどんいい雰囲気になっていく。

「俺がいない間、なにかあった？」珍しく甘えた声で、彼が尋ねてきた。

「なにもないよ」本当になにもなかったので、正直に答えた。

「まあ、知ってるけど」

ぐいっと私の頭が引き寄せられた。キスの流れだろうと、一瞬、瞼を閉じる。

でもそこで、妙な違和感が伝わってきた。なんとなく薄目を開けてみる。

目の前に、見知らぬ男の顔があった。

とっさに「うお！」と叫んで、突き飛ばしてしまった。もちろん、横にいるのは彼に違いなかった。

でもその顔面が別人に見えるほど、真っ赤にパンパンに膨れ上がっていたのだ。

「顔！　顔！　すごい腫れてる！」

きょとんとしながら自分の頬をさすったところで、彼もこの事態に気づいたようだった。

「やべ、そうだった！」

ソファーから飛び起きると「あのストラップ！　あげたやつ！　どこやった！」と大声をあげる。

勢いに押された私は、慌ててバッグから財布を取り出す。

すると彼はストラップをひきちぎり、マリモの頭をびりびりに引き裂いた。

ころり。

その中から、小さなクルミみたいな木の実が一つ、床に転がり落ちた。

あぜんとする私の前で、彼は木の実を足でばんばんと踏みつけ、叩き割った。粉々になったかけらを手でかき集めると、トイレに駆け込んで、それを流した。

そして元通りの顔になった彼が、部屋に戻ってきた。

「大丈夫、全然なんでもないから」

いったい何が起こったのか。さんざん尋ねたけど、向こうはなにも答えてくれない。

気味が悪くなった私は、その日から彼と距離を置くようにした。

しばらく冷却期間を置いた後、それとなく別れ話をしようとしたら、もめることなくあっさり了解してくれた。

まるで、私がその日に別れを切り出すと、あらかじめ知っていたかのように。

それから一度も会っていないけど、たまにSNSやメールで連絡をとったりはする。なにかと勘の鋭い人なので、相談してアドバイスを受けるには適任なのだ。

この前は、向こうの方から電話がかかってきた。少し世間話を重ねているうち、「最近、大丈夫？　なんか背中にアザとか出来てない？」なんて心配もされた。

確かにアザはある。体の見えにくい場所だし、友だちの誰にも相談してない。絶対に調べようのない情報に気づいているのだから、やっぱりこの人は本物なのだろう。

「いまキミがつきあってる人、逮捕されるかもしれないから、早めに離れた方がいいなあ」

こういうところは、なかなか便利でいい。

AUGUST

8月

ちう

25

火曜日 [TUE]

旧 7月26日

鍵

郵便受けから
指が出ている

月齢 25.0

あまりにも喉が渇いて起きてしまった。

背中が汗で冷たくなっている。なにか不気味な夢を見ていた気がするが、どんな内容の夢だったか、どうしても思い出せない。

水を飲んでおこうと部屋を出る。階段を下りていくうち、ふわふわしたとりとめのない気分になっていった。確かに我が家なのは間違いないのだけど、なにかがおかしい。

見覚えがあるけど見覚えがない、と言ったらいいのか。

どの部屋がどこにあるかはしっかり覚えている。でもなぜか、ここが初めて訪れた場所のようにも思えてしまう。

台所でコップ一杯の水を飲みほした。それでも不安が消えないので、両親を起こそうと和室の襖を開けた。

しかし部屋にはぺたんこの布団が二組敷いてあるだけで、誰の姿もない。

こんな夜中にどこに出かけたのか……。もういい、とにかく寝てしまおう。

また階段を上り、自分の部屋に戻る。そしてドアを開いた瞬間、ぎくりと体が固まった。

薄暗がりの中、布団が人の形にふくらんでいる。誰かがそこで眠っている。

慌てて枕元に駆け寄り、掛け布団をつかんで、乱暴にはぎとった。


「ほら、もう起きなさい」

母の声で起こされた。窓からは朝の光が差し込んでいる。

おかしな夢を見たようだ。一階の居間に向かうと、すでに両親が食卓についている。

朝食を食べながら、父も母もすっかり老けたなと思う。見た目も動作も、かなりの老人といっていい。親というのは、こちらが知らないうちに歳をとってしまうものなのか。

ぼんやり考えながら食事を終えた。

「鍵、忘れないで持っていってよ」母親が注意する。

「わかってるって」ぞんざいな返事をし、そのまま学校に向かう。

そんないつもの生活が過ぎていき、一か月が経った頃。また同じ夢を見た。

やはり喉が渇いて目が覚める。一階に下りるうちに不安が増していく。

両親は和室におらず、自室に戻ると布団に誰かが寝ている。

次に目覚めたのは、母の悲鳴によってだった。

母はなぜか泣きながら、こちらの両肩をつかみ、前に後ろに揺さぶっている。

ただ寝ていただけなのに、なにをそんなに必死になっているのか。

その後すぐ、警察に連れていかれたりと大騒ぎになった。どうも自分は、一か月以上も行方不明になっていたらしい。それが今朝になって突然、部屋に戻ってきていた。

敷いていないはずの布団に、いつのまにか潜りこんでいたというのだ。

そう言われてみると、この父と母は、昨日まで暮らしていた両親とは似ても似つかない。

あんなに老けていないし、そもそも顔も言動もまったく別人のようだ。

結局、失踪していた一か月間、自分がどこでどうしていたのかは誰にもわからなかった。

それから現在までずっと、遠くの病院に毎週通わされ、色々な検査を受け続けている。

もっともはっきりした原因は判明していない。お医者さんは親に対して、適当な病名を付けて説明しているようだ。

自分ももう、これ以上面倒になっても困るから、皆の指図には素直に従うようにしている。

だから机の引き出しに、今住んでいる家とは別の鍵があることは、誰にも話していない。

8月 AUGUST 26

水曜日 [WED]

旧 7月27日

ろうしゃく

月齢 26.0

塚

母のメモが鏡文字になる

んなああ……

昼下がり、かすかな鳴き声が一つ、道路わきの草むらから響いた。でも私は必死に、それが聞こえないふりをする。

アパートや戸建てが並ぶ住宅地。なぜかこの一区画だけ手をつけられず、空き地のまま残されている。小さな祠が置いてあるので、宗教的な理由で開発できないのかもしれない。

そうして放置されているのをいいことに、不法投棄が絶えない場所でもある。

「あく人ごみすてるな」「い法ごみすて地ごくに落ちる」

地主の人が設置したのだろう。そんな手書きの看板が、かなり昔から草むらに立てられている。まあ、それも効果はないようで、いつもここには粗大ゴミが散乱しているのだが。

もっと悲惨なのは、捨て猫たちだ。

最近は捨て猫などめったに見ないのに、なぜかこの空き地では、子猫の放棄がずっと続いている。もちろん彼らはそのまま亡くなってしまう。その時は誰かが役所に連絡し、死体を持っていってもらう。私たちにはいつも、後味の悪さだけが残る。

迷惑をかけられた近隣住民の中には、「怒った地主が猫に毒団子を食べさせている」なんて噂する人もいた。でも、そんなはずないのは、草むらに置かれたもう一つの手書き看板を見れば明らかだ。

「怨ねんねこづか必ずたたる」

殴り書きされた文字から、地主さんのただならぬ怒りを感じる。その前には水の入ったコップや花が供えられている。子猫たちのお墓、「猫塚」ということだろう。本当に、猫を捨てる奴らなんて、怨念の祟《たた》りにあえばいい。私だってそう思う。

んなあああ……

かわいそうだけど、私のアパートでは飼えないし、責任もって育てられる訳ではないんだ。顔を見たら未練になるし、さっさと通り過ぎないと。そう思っているのに、どうしても声のする方に目がいってしまう。

しかし空き地を見渡しても、猫らしき姿は確認できない。一区画の狭さに、丈の低い雑草がはえているだけ。いくら小さい子猫でも見えないはずはないが、あるのは散乱した粗大ゴミばかり。テレビ、プリンター、扇風機、空き缶やペットボトル、赤ちゃん人形。

でも、いないのならそれでいい。幻聴だったということにしよう。そのまま数メートル歩いたところで、私の足が止まった。

——赤ちゃん人形？

ざわざわと違和感がふくらむ。作り物にしては、あまりに出来が良すぎはしないか。

とっさに引き返してみたが、数秒前まであったはずの人形は、すっかり消え失せていた。見間違いではない。まさかテレビや空き缶を、赤ん坊の形と錯覚する訳がない。

ふと、草むらに置かれた例の看板の文字が目に入った。今まで気にしていなかったが、一列になった文字のうち、「怨」と「ねん」の間が不自然にあいている。

「怨　ねんねこづか必ずたたる」

本当は「怨」「ねんねこ塚」と読むのではないか。赤ん坊を寝かしつけるための「ねんねこ」。ここはもともと、そんな名前の塚だった、ということでは。

んなああああ……

なにもない空間から、また聞こえた。そうだ、似ているけど違う。子猫の声ではない。

おそらく、この空き地には昔、猫以外のなにかもまた、捨てられていたのだ。

AUGUST 8月 27

めつもん

木曜日 [THU] 旧7月28日

降 引き裂かれた麦藁帽を渡される

月齢 27.0

　私の中学校で、今さらコックリさんみたいなのがはやりだした。

　九州のド田舎なので色々と時間差があるのかもしれない。

　ただそこは、ちょっと現代風に「エンジェル様」とアレンジされている。「あ」から「ん」までの平仮名を書いた紙の上を、鉛筆が動いてメッセージをもらうやつだ。

　エンジェル様の設定はゆるい。幽霊じゃなくて天使が答えるから、コックリさんみたいに「ころすころす」とか言わないし、やめたかったらすぐ終わっても大丈夫。いつまでも帰らなくて困ることはない。

　ただ一つだけ、守らなくちゃいけないルールがある。終わった後の紙は、ぐしゃぐしゃに丸めてから燃やし、その灰を川に流さなくてはいけない。そうしないと死ぬ。……なんていうけど、多分これ、先生や親にバレないように証拠隠滅しろってことだろう。

その日の放課後、教室はがらんとしていた。

台風が近づいてきたせいで、早く帰宅するようにと指示が出ていたからだ。でもまだ雨足も弱いし、告げ口する生徒がいないのは、せっかくのチャンスでもある。

私とA子・B子の三人は、一回だけエンジェル様をやろうということになった。

三人で握った一本の鉛筆が、どんどん紙の上をすべっていく。

芸能人の住所がどこか、誰が誰を好きなのか。くだらない質問にもエンジェル様は答えてくれる。

まあこんなの、A子が動かしているだけなんだけど。

それは私もわかっている。心霊ものが好きなA子は、こうやって場を盛り上げるのが得意だ。別に示し合わせてる訳じゃないけど、私も空気を読んで、その動きに逆らわない。エンジェル様初体験で、とても素直なB子だけが、「うわー本当に動いてるよお」と驚いている。

こういう連携で、もう一人の子を怖がらせるのが、よくあるパターンだ。学校でエンジェル様がはやったのも、うちらみたいなインチキを楽しむ子が多かったからだろう。

「えっと、あなたは誰ですか？」

しばらく進んだところで、B子がトンチンカンな質問をした。誰もなにも、呼んでるのは天使だって言ってるのに。

ピタリ、と鉛筆の動きが止まる。A子もなんて答えてよいのか迷っているのだろう。十秒ほどして、ようやく動いた鉛筆の先が、次の三文字を示す。

「う」「ら」「へ」

あれ、と思った。横目でうかがうと、なにを仕掛けようとしているのか、A子は無表情で固まっている。

「これ、裏返せってことだよ！」B子がはしゃいだ声をあげて、紙をひっくりかえす。

そのとたん、鉛筆がすごい勢いで動き回った。裏の白紙に、ぞんざいなタッチで女の子の顔が描かれていく。

次に、鉛筆がぐるぐると円を描きだした。二重、三重、四重の丸ができたところで、ころり、と鉛筆が転がった。いつのまにか三人とも手を離していたのだ。

「なんだろう。この丸、よくできましたってことかな？」

さあねえ、と私はため息をついた。まったくもう、バカなB子は気づいていない。

私たちが今描いたのは、A子の似顔絵じゃないか。少なくとも髪型はそっくりだ。

エンジェル様には濁点がないから「うらへ」となったけど、これはA子の「浦辺《うらべ》」という苗字に決まってる。

B子の質問に、A子は自分の霊が来たという新しいアイデアで対応したのだ。それなのにまたB子が勘違いしたので、もっと直接わかりやすく、似顔絵を描いてあげたのに……。

私はA子の意図わかってるからね？　とアイコンタクトしたとたん「もういい、やめよう」A子は低い声で紙を取り上げて、席を立った。

「これ私が捨ててくるから」そのまま、すたすた教室を出て行ってしまう。

あーあ、へそ曲げちゃった。

きょとんとするB子に「変なエンジェル様だったね」と声をかけ、私たちも帰り支度をはじめた。


この直後、A子は死んだ。

エンジェル様の紙を捨てるため、A子は近くの川を訪れていた。

まだどしゃ降りというほどでもなく、それなりに車や人も出ていた。

だから油断していたのかもしれない。

川原をうろつくA子、そのまま足を滑らせて落ちたA子を、多くの人が目撃している。

運悪く、上流の方ではもっと雨が降っていたから、水の勢いは見た目よりもはるかに強かった。

A子の姿は、あっという間に消えていったそうだ。

そして私たちの学校では、エンジェル様が禁止になった。

金曜日
[FRI]
㊋ 7月29日

AUGUST 8月

28

じゅうし

仏

足元から首へ
朝顔が巻きつく

月齢 28.0

ああそう、東京から……わざわざこんな田舎まで。

こういう変わったものを見てまわるのがお好きですか。

でもよく知りましたね、この上人《しょうにん》さまのミイラのこと。

今はあれですか、インターネットでも紹介されているんですか。それでもこんな無名の場所、よほど調べない限り、なかなか出てこないでしょう。

あ、お茶はもうよろしいですかね。

では外の蔵まで、案内いたします。

ぬかるんでますので足元に気をつけて。昨日まで、ひどい雨でしたから。

……ここの上人さまの由来はですね……。

昔むかし、ここら一帯で日照りと疫病が流

行りました。

そこで旅のお坊さんが、村人たちを救うため、生きたまま石棺に入り、土の中に埋めてもらったんです。

そのまま地下で命が尽きるまで、雨乞いと疫病退散の祈願をしたのだと……。

石棺の中で、鈴《りん》をちーんちーんと鳴らし続けて。七日七晩、土山に通した空気穴の竹筒から、鈴の音が聞こえていました。それもいつしかやんで。

見事に成仏なされたのですね。

そして百年後、石棺を掘り起こすと、ミイラになった上人さまがいらっしゃったんです。

即身仏、というのはご存じですか。自分から地下に埋まって、生きながら成仏した坊さんのミイラです。山形を中心に、全国でだいたい二十人くらいが丁重に祀られています。

でも、本当は他にも沢山いるはずなんですよ。ミイラ化に失敗して腐り落ちてしまった人やら、どこに埋まっているかわからず掘り出されていない人やら……。そんな、誰にも知られていない人たちが日本のあちこちに、何十人もね。

ここの上人さまは土の中から戻ってきただけ、まだマシでしょう。とはいえ、地元の外ではほとんど知られてないですが。私も長いこと管理を任されてますけど、よその人が来るのは一年に一度くらいですかね。

はい、着きましたよ。この土蔵の中です。今、錠を開けますから。

最初に言いましたけど、中は全て撮影厳禁なので、お願いいたします。

……ええ、蔵ですからね。夏なのに寒いくらいでしょう。

また昨日まで、ひどい雨でしたから。冷え冷えした空気が溜まってるんです。

はい、こちらです。

これが上人さまの入っていた石棺で、この祠に入っているのが成仏された上人さま。

袈裟《けさ》から出ている両手が、すっかり乾いてミイラになっているのがわかるでしょう？

いやいや、顔はお見せすることはできません。頭にかぶった白い布をとることができるのは、地元の限られた人間だけなんですよ。

そうですね……。上人さまの頭に角がはえているから隠しているのでは、という、誰が広めたか知りませんが、そんな噂もあります。やはり、よくお調べになってますね。

ただ、村に伝わっている話は少し違っております。

伝説では、石棺は前にも一度掘り起こされているそうです。

土に潜られてから三年後のことです。ところが中を覗いてみた村人たちは、たいそう驚いた。上人さまが思いもよらぬ姿になっていたからです。お体がミイラになっていたのはいい。そんなことではありません。

上人さまの首から上が、そっくり牛の頭にすげかわっていたのです。

そんな訳がありません。上人さまが潜られてから、誰もその土山に触れてすらいないのは確かなのですから。

怖れをなした村人たちは、また元通りに埋め直してしまった。でも村を救ってくれた恩人を、そのままにしておくのはあまりに無礼だ。長い間、ずっとそう考えられていたのでしょう。また百年ほど経って石棺を引き上げ、この蔵にお祀りするようになりました。

まあ伝説ですから、どこまで本当かはわかりません……。

もう、よろしいんですか？　お帰りになられる？

ちょっと待ってください。今ここを出ない方がいい。ほら、後ろを振り向いて。

いや、これは地震ではありません。私も何度か出くわしているのでわかります。

がたがた揺れているのは、この祠だけじゃないですか。

不埒《ふらち》な真似をされると、上人さまのお体が震えてしまうんですよ。

あなた先ほど、祠に手を入れてましたでしょう。

こっそり、その携帯電話で撮影されてましたね。布の下から、上人さまの頭を。

その携帯電話はすぐに壊しなさい。そして上人さまに必死に謝ってみてください。

そうすれば、もしかしたら、命だけは助かるかもしれません。

8月
AUGUST
29
土曜日
[SAT]
旧8月1日

父

日ごとに金星が大きくなる

おうもう
月齢 29.0

父は真面目で一本気な職人でした。心霊の類などいっさい信じていなかったと思います。そんな父ですが、人生で一度だけ奇妙な体験をしたそうです。三十年前、長女である私が生まれて間もない頃。

建設現場での仕事を終えた父は、車で事務所に戻っていました。その道すがら、夏の夕立がざあざあと降り出してきたそうです。ただでさえ帰宅ラッシュで混みあう幹線道路なのに、そのせいでひどい渋滞になりました。迂回《うかい》した方が早そうだと考えた父は、ふだん通らない裏道に入っていきました。

しかし皆も同じことを考えていたのでしょう。その道路でも、ひしめく車がノロノロとしか進まない状態。これなら雨がやむまで待っても、到着時間はそう変わらないだろう。

橋の手前の路肩に車を停めた父は、一服することにしました。

母に遅れる旨を知らせよう、と父は思いました。私という赤ん坊の世話で忙しい母に、夕飯の支度を遅らせてもよいと伝えたかったのです。ただ携帯電話も普及していない時代ですから、連絡する術《すべ》がありません。

仕方なく缶コーヒーを飲みつつ、ぼんやり雨の街並みを眺めていたところ。父の目に、それが飛び込んできました。

向かいの道端にある、公衆電話。ボックスタイプではなく、民家の軒先のようなスペースに、むき出しの電話機が設置してありました。

これ幸いと、どしゃ降りの道路を横断した父。ところが財布を取り出したところで自分のミスに気づきました。さきほどコーヒーを買ったため、公衆電話で使える小銭が残っていなかったのです。あるのは一枚の十円玉だけ。

まあ、遅れると一言伝えるだけのこと。これで足りるだろうと、父は十円だけ投入し、自宅番号をプッシュしました。

ところが、母がいっこうに出ません。いつもはすぐに電話をとるタイプなのにと思いながら、不自然に長いコール音を聞き続けました。

ガチャリ。ようやく繋がった電話口から〝はい、もしもし〟という母の声が響きました。

「おお、俺だけど、すごい渋滞してて、いったん事務所にも寄るから、家に帰るのはまだ一時間くらいかかりそうで」

そんな説明を早口でまくしたてる父。しかし母は聞いているのかいないのか、ずっと電話の向こうでおし黙っているだけ。不安になった父がいったん口をつぐんだ、その時。

〝お父さん？〟母が答えたところで、通話が切れてしまったそうです。

大丈夫かな……。ま、ともかく連絡したからいいだろう。

ところが帰宅した父は、母とちょっとした口論になってしまいました。

母が、そんな電話など絶対に受けていないと言い張ったからです。もちろん声を聞いている父は、確かに会話したと主張しました。

「でも、あそこに公衆電話なんてないでしょう」

その道沿いに、母がよく行く美容院があるから間違いないというのです。母は不気味な事態にすっかり怯えた様子で、嘘をついているようにも見えません。

引っ込みのつかなくなった父は、翌日、同じ場所に確かめに行きました。

すると母の言う通りでした。例の軒先に、電話機はなかったのです。

父は慌てて周囲を確認しました。そこで目に入ってきたものに、さらに驚かされました。

足元の地面に、十円玉がぽつんと落ちていたからです。

昨日の作業で付着した赤ペンキがこびりついたそれは、明らかに、自分が使ったコインに違いありません。

「あれだけは不思議だったなあ……」父は何度か、私たちにそう漏らしていました。


そんな父も、数年前に他界しました。

葬儀からしばらく経った、ある日の夕方のことです。

私が一人で家にいると、めったにかからない家の固定電話が鳴りました。

「はい、もしもし」

と応対したとたん、一方的にまくしたてる声が受話器から響いてきたのです。

――おお、俺だけど、すごい渋滞してて、いったん事務所にも寄るから、家に帰るのはまだ――

私はなにも答えられず、ただじっと聞き耳をたてるだけでした。

よく知っている、でもいつもよりずっと張りのある声。

それが途切れた一瞬。

「……お父さん？」

ようやく、その言葉だけを絞り出したところで、通話は切れてしまいました。

AUGUST

8月30日 日曜日 [SUN]

旧8月2日

ちいみ

赤

新月の光を浴びてみよう 月齢30.0

オノシタキリコ。

実は私たち、そんな名前で呼んでなかったけど、ちょっと変えさせてもらうね。

だって別の呼び方しておかないと、その女が来ちゃうらしいから。

オノシタキリコは、自分の名前を口にした子のところに必ず現れる、妖怪みたいな女。日本中でよく聞く噂だよね。インターネットで調べると、似たような情報がけっこう出てくるし。そういうの、たいてい赤い服を着た女なんだけど、オノシタキリコも「赤い女」だって言われてたし。

でも、他とは違う大事なところ。オノシタキリコは、本当に私たちの町にいたんだよ。うちの小学校では皆、そのことを知ってた。オノシタって表札の家が実在してたのは、私も確認してる。そこに住んでいる「赤い女」だって、何人も目撃してた。

そう、自分からオノシタキリコを見に行った子たちがいるんだよね。庭を赤い女が歩いていた、ガラス戸越しに立っている赤い女の姿が見えたっていうの。

ただ不思議なのは、誰一人として、その女の顔や着ている服を、きちんと覚えていないこと。

「じゃあなんで赤いってわかるの？　赤い服を着てたの？　赤い髪でもしてたの？」

そんな質問に、満足に答えられた人はいない。自分から「赤い」と言うのに、何が赤かったのかはわからない。

「とにかく……赤い女なんだよ」皆、困った顔をして、そう答えるだけ。

それでも実際の目撃例があるのは大きいよ。他の小学校もまたいで、オノシタキリコの噂はどんどん広がっていった。

家の壁からオノシタキリコが覗いていた。実は身長が3mもある。家にいるところを見たら十秒以内にオノキリオノキリオノキリと三回唱えないと死ぬ……などなど。

オノシタキリコに包丁を投げつけられたって子まで出てきたなあ。それはもちろん嘘だったんだけど、とにかくたいへんな騒ぎだった。

そしてついに、先生たちが動かざるをえなくなった。

「オノシタさんから、学校に苦情がきています」

家を覗き込んだ子、いちばん噂を広めてた子たちは、さんざん怒られた。さらに説教だけじゃなく、その数人で、オノシタさん家まで謝りに行かされる羽目になったんだ。

あいつら、どうなっちゃうんだろう。オノシタキリコに殺されるんじゃないか？

もう現実と嘘の境目がわからなくなってるから、残された私たちはドキドキしてた。

翌朝、登校してきた彼らはヒーロー扱いだよね。皆で詰めよってあれこれ質問したんだけど、返ってきた答えは予想外のものだった。

オノシタキリコという人は、いた。

でもそれは四十歳過ぎの太ったオバさんで、老人の母親と二人で暮らしているだけ。その親子が、変な噂を流したことを謝れって言ってきたんだけど……。

あの家には、赤い女なんていなかったんだ。

じゃあ皆が見たものは、いったいなんだったのか？

正確には、その時点からなんだよね。

「オノシタキリコ」の名前を呼ぶとオノシタキリコが現れる、って噂が出来上がったのは。

オノシタキリコは、家の外にも出るようになっちゃったんだ。

多分それは、私たちが勝手につくった幻みたいなものなんだろう。「赤い女がいた」って最初に言った子が誰なのか知らないけど、それも嘘ついただけだったと思うよ。

でも、どんどん噂が広まるうちに、皆が信じていくうちに、本当になってしまうことってある。

私たちだって、怖いんだったら名前を呼ばなければいいのに。赤い女について話さなければいいのに。でもやっぱり、どうしても名前を呼んで、語りたがっちゃうんだよね。

現に今、私がこうして、あなたに話しちゃってるんだから。

……ああ、そうか。

そういうことなんだ。

名前なんて、どう呼ぼうが関係ないんだね。

オノシタキリコ、なんて適当に呼んだからって、出てこなくなる訳じゃないんだね。

その女について話したら、もうダメなんだ。

ほら、窓の外見てみなよ。

遠くから、こっち、にらんでるから。

8月31日 AUGUST 月曜日 [MON]

旧8月3日

じゅし

消

幾らめくっても本が終わらない

月齢 1.5

　三か月前、高校のオリエンテーション旅行で東北地方のとある高原を訪れました。

　これから僕が伝えるのは、その宿泊所で体験した出来事です。

　旅行二日目の夜、僕と同室の友人三人とが、ちょっとした冒険心を起こしました。夜中にこっそり部屋を抜け出し、宿泊所の屋上へと侵入したのです。

　なだらかな山や国有林が続く、見晴らしのいい場所でした。僕たちはどこまでも広い満天の星を眺めながら、たわいない会話をあれこれと交わしていました。

「なんだ、あれ」

　しばらくして、手すりにもたれかかっていた友人が、そんな声をあげました。彼の指さす方、数十メートルほど離れた原っぱを見やると、なにやら赤い光が瞬《またた》いています。

すっかり闇《やみ》に目が慣れていた僕たちには、それが焚き火だとわかりました。

「キャンプファイヤーでもしてるのか？　こんな夜中に？」

さらに炎の周りを、五、六人ほどの人影がぐるぐる回っているのが見て取れます。はじめは遠近感がうまくつかめなかったのですが、次第に、その人々のサイズがおかしいような気がしてきました。

明らかに背が小さいのです。

せいぜい小学校低学年、ひょっとしたら未就学児くらいの身長しかありません。もちろん、ボーイスカウトなどの夏キャンプが行われていてもおかしくはないでしょう。しかし小さい子たちだけで夜更けに火を焚くなど、いくらなんでも不自然だし、危険な行為です。

これは大人に知らせた方がいいのではないか。

僕たちが顔を見合わせていると、その方向から、甲高い音が響いてきました。小さな人影が声を合わせ、呪文《じゅもん》のようなものを唱えています。

ウウフォアウフホイー……ユウウォアフウウホイイ――……

なんと言っているのかは、いっさい聞き取れません。そんな音だったような気がしただけです。とにかく、静まり返った高原に響きわたる奇妙な喚声《かんせい》を、僕らは声もたてず、じっと聞いていました。

「おい！」突然、友人の一人が叫び声を上げました。彼の顔がまっすぐ上を向いていたので、つられて僕も空を見上げます。

一瞬、自分の頭がおかしくなったのかと思いました。

夜空にぽっかり、大きな穴が空いていたのです。

その部分だけ星一つない、黒くて丸い穴が。

まっ黒い楕円は、みるみる大きくなっていき、満天の星が全て消えてしまいました。

そこで僕は気づきました。空で穴が広がっているのではなく、巨大な黒い物体が、こちらに近づいてきているのだ、と。

目の前が闇に包まれたところで、ぷつり、と記憶は途絶えました。


翌朝、僕たちは屋上に寝転がっている状態で目覚めました。

もちろん友人たちに、昨夜のことをあれこれと訊ねました。

しかし全員、口を揃えて「なにも覚えていない」と言うのです。星を見ているうち、なんとなく眠ってしまっただけだ、と言い張るのです。

そんな訳ありません。あれは絶対、夢ではありません。

あの夜の出来事を、僕がいくら言い張っても、友人たちは笑い飛ばすだけです。でも彼らは忘れているだけなのです。なんらかの理由で、記憶が消えているだけなのです。

僕は、そう確信しています。

なぜなら、あれから三か月経った今、僕もまたあの夜の記憶をどんどん失いつつあるからです。あれほど鮮明だったイメージが、どんなに思い出そうとしても、おぼろげにしか浮かばなくなっています。今ここに記したあれこれも、必死に残したメモを参考にして書いているだけなのです。

あと数日経てば、自分がこの体験談を語ったことすら忘れてしまうかもしれません。

だからどうか、お願いです。せめて、あなただけは、僕の話を覚えていてください。

吉田悠軌《よしだ ゆうき》

1980年東京都出身。怪談、オカルト研究家。
怪談サークル「とうもろこしの会」会長。
オカルトスポット探訪マガジン『怪処』編集長。
怪談現場、怪奇スポットへの探訪をライフワークとし、
執筆活動やメディア出演を行う。
『怪談現場　東京23区』『怪談現場　東海道中』
『一行怪談』『一行怪談漢字ドリル 小学1〜4年生』
『禁足地巡礼』など著書多数。

とうもろこしの会 ネットラジオ「僕は怖くない 新館」
http://tomorokoshi.dxuxb.com

Twitterアカウント：@yoshidakaityou

装丁・本文デザイン：坂川朱音（朱猫堂）

日《ひ》めくり怪《かい》談《だん》

2019年7月10日　第1刷発行

著　者　吉田悠軌《よしだゆうき》

発行者　茨木政彦

発行所　株式会社 集英社
〒101-8050 東京都千代田区一ツ橋2-5-10
電　話　編集部 03-3230-6143
読者係 03-3230-6080
販売部 03-3230-6393（書店専用）

印刷所　中央精版印刷株式会社

製本所　株式会社ブックアート

ISBN978-4-08-788022-9　C0093